海上天方夜谭

The Story of Navigation

张 涛

中国海洋大学出版社

CHINA OCEAN UNIVERSITY PRESS

海上天方夜谭

The Story of Navigation

张 涛

中国海洋大学出版社

· 青岛 ·

今天唱一支粗陋而简短的吟诵曲,
唱海上的船,每一只都在自己的旗帜和信号下航行;
唱船上的无名好汉——唱那些向目所能及的远方铺展的波
浪,唱那些激扬的浪花和呼啸着、吹响着的风;
······
唱年轻或年老的船长,他们的伙伴,以及所有勇猛的海员;
唱精干而沉着的健者,他们从不为命运和死亡所震撼,
他们被古老的海洋吝啬地拣出,被你所挑选。
大海啊,你及时挑拣和选拔这一类人,把各个国家联合在一
起,他们被你这老迈而沙哑的乳母所哺育,他们体现着你,
像你那样桀骜、那样无畏。

　　　　　　——惠特曼《为所有的海洋和所有的船只歌唱》

序

航海背后是一种世界眼光

刘功臣

翻开世界历史长卷你会发现，文明的进程与航海密不可分：郑和"七下西洋"，弘扬了中华文明；哥伦布发现新大陆，改变了世界历史的进程；麦哲伦环球航行，证明了地球是圆的。麻风病的诊治、维生素的发现、澳洲大陆的发现等都与航海有着不解之缘。海洋是文明交流的桥梁，注目海洋就是注目文明。

航海不仅在影响文明进程的历史长廊中留有篇章，而且拥有许多千奇百怪的故事。这些故事里不仅有救人的鲨鱼，还有机智的船长；不仅有关于"太阳石"的探案，还有"舷窗花"的传奇……给你讲这些故事的人是一位勇敢的远洋船长——张涛先生，他毕业于大连海事大学，先后在航运企业工作，任海事主管。几十年来，他利用业余时间，将自己所见所闻写成文章发表在中央和地方的报刊上，并结集出版多部反映海洋生活的小说、戏剧等，受到广大读者特别是航海爱好者的热烈欢迎。2012年他被中国航海学会评为中国航海科普专家，是国内知名的海员作家。

作家海明威曾说过，"海洋是智者的天堂，愚者的地狱"。毫无疑问，知识是我们进入海洋之门的一把钥匙。中国航海学会认为，张涛船长的《海上天方夜谭》既生动有趣，又蕴含着不少知识，为读者呈现了一个千奇百怪的航海世界；更重要的是，其中充满了航海精神——包容、无畏、开拓，令人振奋。带着这份"精神礼物"，走在注目自身、注目海洋、注目文明的道路上，读者的胸怀和视野也会如海般开阔。

"航海的背后实际是一种世界眼光，一种开放心态。"我们面向天空、面向太空的同时，也面向海洋，用一种开阔的态度来重视海洋，是一种世界眼光。让我们共同迈步，走向海洋，开辟新的"海上丝绸之路"，为人类的共同繁荣扬帆远航。

（作者为中国航海学会常务副理事长）

目　录

航海背后是一种世界眼光

/ 刘功臣

太阳石、"魔岛"梦和"幽灵船"里的"幽灵"

好望角、太阳船和海盗的"感谢信"

舷窗花、"镶梦饼"和"三奇"王国

追梦者、"蟹壳"医和勇往直前的航海人

太阳石、"魔岛"梦和"幽灵船"里的"幽灵"

"黑鹰"船长的"魔岛"梦

跟海打了一辈子交道的"黑鹰"船长终于爬不起来了。临终前，他把三个儿子叫到病榻旁，拿出三个封好的盒子，说："遗嘱就在盒子里。"

"黑鹰"船长悄然走了。

三个儿子分别打开了盒子。

大儿子杰克盒子里是把保险柜的钥匙，保险柜里有"黑鹰"船长的终生积蓄。

二儿子米兰打开盒子，里面是条用海员纽扣串成的项链，三个儿子是听着这条项链的故事长大的。

三儿子莫奈的盒子最重，里面是架老式相机，是"黑鹰"船长曾经随身携带的物品。

杰克成了家里的顶梁柱。他拿着手中保险柜的钥匙，慢条斯理地说："我已长大成人，可以挣钱养活自己，保险柜里的钱就留给你们俩吧！"

米兰望着手中的项链，像是在宣誓："项链的故事我不会忘记，永远老实做人、踏实做事。"

只有未成年的莫奈瞅着那架老式照相机发呆："爸爸希望我当一名摄影师？"

一晃几年过去了。

杰克已经成家立业，是一家服装厂的主管。米兰成了造船厂的熟练工人。刚满 18 岁的莫奈则整天把弄着那架照相机无所事事。

莫奈准备去找在照相馆做老板的舅舅梅西。

恰巧，舅舅梅西拎着生日蛋糕来到莫奈家，说："生日快乐，祝贺你长大成人！"

莫奈家和舅舅梅西家祖上是世交，都来自大西洋的亚速尔群岛。亚速尔在西班牙语中意为"黑鹰"，人们习惯在亚速尔移民的名字前冠以"黑鹰"两字。

照相馆存放着"黑鹰"船长许多海上照片，梅西对那架老式相机十分熟悉。望着那架照相机，梅西语重心长地说："孩子，担子重啊！"

说着，梅西揭开了"黑鹰"船长留给莫奈相机的秘密。"由于你还未成年，所以'遗嘱'的谜底一直没有告诉你。今天，终于可以告诉你了。"

听完舅舅梅西的讲述，莫奈终于知道了父亲遗嘱的真相，他决心立志实现父亲生前的遗愿，圆父亲的梦想。

几年后，莫奈从航海学校毕业，成了一名远洋货船的水手，恰巧，货船上的船长是"黑鹰"船长的老搭档，对莫奈十分关照。

望着那架熟悉的照相机和莫奈，船长想起"黑鹰"船长的梦想，特意把莫奈调到驾驶台上专门负责海上瞭望。

一天清晨，值完班的莫奈刚爬上床休息，就被船长叫回驾驶台。

原来，船前方突然出现一座无名小岛，船长查遍了海图也未找到这座小岛的位置。船长开启雷达，荧光屏上闪烁着晶亮的辉点。"魔岛！"他禁不住地喊起来。

船降低了船速，渐渐逼近小岛。这是座重峦叠嶂的小岛，光秃秃的没有任何植物，在夜雾中显得阴森冷漠。

"咔咔"，莫奈没有犹豫，举起那架老式照相机连续拍了几张照片。

十几天后，船从欧洲返航又途经这里，船员们不约而同地跑上驾驶台，想对这座神秘的小岛看个究竟。

海上除茫茫海水外，没有任何海岛的踪影。开启船用探测仪，发现这里水深竟达3000多米，船员们个个目瞪口呆。

"'魔岛'，千真万确的'魔岛'！"船长拥抱着莫奈说："你爸爸的'魔岛'梦终于实现了！"

归来后，莫奈让舅舅梅西把珍贵的"魔岛"照片冲洗放大。他将照片摆放在遗像前，虔诚地说："安息吧，您的'魔岛'梦终于实现了。"

原来，15年前，"黑鹰"船长在同一海域发现同样情况的"魔岛"。由于当时天气原因和自己过于紧张，"黑鹰"船长未能用照相机捕捉到这神奇的一刻。没有

照片为证，"魔岛"的传说引起人们普遍的猜疑和否认：这是人的幻觉，大洋里不会有这种神奇的小岛。

这成了一贯诚实守信的"黑鹰"船长的终身遗憾，他想在有生之年重见"魔岛"，但是一直到临终前这个愿望也未能实现。

"黑鹰"船长把实现这个遗愿的任务交给小儿子莫奈。

不久，一本科学杂志上，地质学家揭开了"魔岛"这个谜：忽隐忽现的"魔岛"是海底地震引起地壳变动的结果。世界上最著名的"魔岛"是位于地中海的格兰姆岛，一百多年来多次出现又消失。曾经，一艘叫"太阳神"号的遇难船的船员刚爬上这神奇的"魔岛"，就随着这神奇的小岛一起沉入了海底。

"海盗"与"太阳石"

凌晨，睡眼惺忪的莫里斯警长被一阵急促的电话铃声惊醒："报告警长，有情况……"没等对方把事情讲完，莫里斯警长已经全副武装来到出事现场——比格半岛上的海盗博物馆。

比格半岛位于挪威的西北部，是三面环水、一面与陆地相连的幽静半岛，世界上唯一的海盗博物馆就建在这里。

昨晚，海盗博物馆的镇馆之宝"太阳石"不翼而飞，这引起警方的高度重视。警方立即在博物馆四周拉起警戒线。

刚过 50 岁生日的莫里斯警长是土生土长的比格半岛人，熟悉岛上的一草一木，对于海盗博物馆更是如数家珍，从建馆、文物收集到布展他都参与其中，有"编外馆长"的绰号。

海盗博物馆门前聚集了众多警车和警员，两只吐着长舌的警犬在四周寻觅徘徊，现场紧张严肃。

海盗博物馆门窗没有被损坏的痕迹，"太阳石"所在的二楼展厅门窗严实合缝，放置"太阳石"的玻璃展柜亦完整无损。这是一起"密室盗窃案"。

警方根据嫌疑人在现场留下的蛛丝马迹，经过研究分析，得出一个出人意料的结果：嫌疑犯没有前科，是一群熟悉馆内情况的年轻人所为。

正当人们疑惑不解时，一位警员在"太阳石"玻璃柜下面发现了一张纸条，上面歪歪扭扭地写着两行字。

莫里斯警长看过纸条，脸上疑云消失殆尽。他将陆地警力全部撤除，只留一艘海上巡逻艇在港湾待命，并拨通了考古学家刘易斯的电话。

"先生，您的学生太有'探索'精神了。"莫里斯和刘易斯由于筹建海盗博物馆建立了深厚的友谊，成了莫逆之交。

刘易斯出生在北欧海盗发祥地丹麦的一个海员之家。一个偶然的机会，他成为一名海盗研究专家。

那时刘易斯刚大学毕业，一部关于海盗的电影使刘易斯印象深刻：一个海盗被处绞刑前，突然从嘴里吐出一块光洁如玉的石头，这块石头竟能闪现出各种颜色，是海盗用来在海上判断方向的"指南石"。从此，刘易斯潜心研究起海盗史。

经过多年探索，刘易斯不仅取得了丰硕成果，还找到了这种奇妙的"石头"。这种神奇的"石头"，在不

同的天气里和在不同的方向上会产生不同的颜色。这种神奇石头在指南针问世前，是海盗辨别方向的"功臣"，被称为"太阳石"。

在海盗博物馆开馆当天，刘易斯把这块神奇的"太阳石"无偿地献给了博物馆，使其成了"镇馆之宝"。"太阳石"吸引了世界各地的游客，特别是青少年航海爱好者。

刘易斯在莫里斯的陪同下勘察了现场，仔细研读了那张纸条，然后与莫里斯警长制定出一个让"太阳石"完璧归赵的计划。

按照计划，警方在半岛通往大海的航道上派了巡逻艇日夜巡逻。

但是，两天过去了，海上未有异常情况，焦急的莫斯里警长拨通了刘易斯的电话说："难道计划有变？"刘易斯哈哈大笑地答道："亏你还了解'太阳石'，没看看天气？"

莫里斯警长想起接连两天的雾霾，恍然大悟，连声说："忙糊涂了。"

第三天清晨，骄阳高照。一艘单桅帆船神不知鬼不觉地从港湾朝大海深处驶去。警方巡逻艇远远地跟随其后。只见帆船时而向左，时而向右，时而做圆周运动，时而成直角航行……船上还断断续续传来高亢的歌声。

太阳落了下去，帆船也收帆了，缓缓朝港湾驶去。

巡逻艇迅速驶近帆船，人们惊奇地发现，船上三名少年身穿海盗服装，见到赶来的警察他们并不紧张惊慌。

原来，这是一群"太阳石"航海夏令营的少年海洋爱好者的恶作剧。为了见识"太阳石"的神奇，他们装扮成海盗，悄悄偷走了"镇馆之宝"。为防止警方追查，写下了那张"借条"。由于这些少年是"海盗博物馆"的志愿者，对馆内设施十分熟悉，不费吹灰之力就"拿"走了"太阳石"。

三名少年还是受到了适当的教育和处罚。

然而，"海盗"与"太阳石"的故事，引起了许多专家的兴趣。经专家验证，这是一种堇青石晶体，对阳光特别敏感。

"幽灵船"里的"幽灵"

一则新闻吸引了很多人的眼球：一艘在大洋里漂流了 60 多天的"幽灵船"被拖到了岸边，里面竟然有一个人还活着。船上没有食品和淡水，这简直是人间奇迹！人们称这个人为"幽灵船"里的"幽灵"。

"幽灵"名叫戴维斯，已被一家著名造船厂聘为安全技术顾问。

《环球航海》杂志记者潘欣坐不住了，没有费多少波折，他就找到了"幽灵"的办公室。不料，房门紧锁。

人们告诉潘欣，戴维斯去了著名的法国医学博士邦巴尔的研究室。原来，"幽灵"是按照邦巴尔的"邦巴尔法"靠喝海水和鱼汁活下来的，"邦巴尔法"俗称"喝海水法"。

"海水不能喝，鱼汁不足取"是航海学校海上求生课的"金科玉律"。"幽灵"竟然是喝海水和鱼汁活下来的，这是怎么一回事？

潘欣决心弄个明白。

通过船舶代理潘欣找到了邦巴尔博士。博士正忙于一个专题座谈会的准备工作，吩咐助手将"邦巴尔法"简介送给潘欣。潘欣急不可耐地翻开简介。

海水的主要成分是氯化钠，俗称盐。人体需要水分，也需要一定的盐分。如果人体内盐分过多，轻者会感到周身无力口渴，严重的会发生肾衰竭。

发生海难时，船用救生艇一般配有 5 ~ 6 天的淡水，遇难者可以先喝 6 天海水，再喝 3 天淡水。

喝海水时务必要有节制，不应连续超过 6 天；一次只喝 1 ~ 2 小口，吞咽要慢，每天数次，总量不超过一升。接着再喝 3 天淡水，往复交替，身体就能正常地补液，这样能让你坚持 25 天左右。

与此同时，你还可以获取海鱼、雨露和浮游生物等。海鱼绝大多数是无毒可食的。海鱼体内主要的成分是水，占 50% ~ 80%，并含有多种氨基酸和蛋白质，是遇难者的理想食物。

读完"邦巴尔法"简介，潘欣大开眼界，同时也心存疑惑：这真的可行吗？

"邦巴尔博士为证明自己理论的可靠性，曾做过一次震惊世界的实验。"博士助手信誓旦旦地说："很安全。"

接着，博士助手讲述了邦巴尔那史无前例的"喝海水实验"。

一年夏天，邦巴尔与志同道合的朋友杰克·帕尔默，乘橡皮筏"埃雷蒂克"号出海,没有带任何淡水和食品。他们从摩洛哥出发穿过地中海,接着又横跨大西洋。

经过几十天的艰难航行,邦巴尔终于抵达巴巴多斯(杰克在丹吉尔下船),轰动了整个世界。

在漫长的漂泊中,邦巴尔靠喝海水、鱼汁和吃海洋生物生活,并没有腹泻和呕吐。

最后,医生对他进行了全面体检,得出了惊人的结论:一切正常!

十分凑巧,离开研究室时,"幽灵"戴维斯恰巧从里面走了出来。

潘欣没有放过这个千载难逢的机会,邀请"幽灵"戴维斯接受采访。船舶代理将他们带到一个咖啡厅。"幽灵"戴维斯回忆起在"幽灵船"上刻骨铭心的日日夜夜。

"幽灵船"是艘被遗弃的货船,被拖船拖至拆船厂,在即将抵达目的地的前一天,拖索不幸崩断,货船成了名副其实的"幽灵船"。

孤苦伶仃的戴维斯面对食品和淡水耗尽的"幽灵船"欲哭无泪。

绝望中,戴维斯想起了读过的一本书,里面介绍了"邦巴尔法"。他找到了一线希望。

起初,戴维斯用小酒杯盛海水,坚持喝了几天,每天只喝一小杯。他开始有些不适应,后来渐渐没有了不适的感觉,甚至没感到口渴。

不久,戴维斯开始试着捕海鱼。

讲到这里,戴维斯似乎来了精神,呷了一口咖啡继续侃侃而谈："大洋里的鱼大多数在海的表层和中层生活，以比自己小的鱼或海洋生物为食，多群聚觅食。有的鱼是'睁眼瞎'，你只要用些羽毛或布条做成'鱼饵'投入海中，成群的鱼就会聚集过来。如此一来，海鱼成了我的'美食'和'饮料'。我在捕到的鱼的背上开个口子，鱼汁就会渗出来。如果等不及，把鱼肉切成块，用布包好用力拧，鱼汁就会源源而来。有时，为了吃到更多的食物，我就将拴住裤脚的裤子拖在船尾，让裤子如同'拖网'一般随船漂流，海中的浮游物就会尽收'网'中，够我吃上几天。就这样，喝海水，饮鱼汁，吃浮游生物，我在海上整整坚持了60多天。"

说到这里，"幽灵"戴维斯伸出满是肌肉疙瘩的手臂说："经医生检查，我除了有些便秘外一切正常。"

望着戴维斯健硕的身体，潘欣万分感慨："人们称戴维斯为'幽灵船'的'幽灵'真是不过分啊。"

"鲨口余生"的船长

一次海难中，死里逃生的史迪威船长游到一个鲨鱼密布的海域。望着张着血口露出利齿的鲨鱼，史迪威认为自己这次必死无疑。谁知，鲨鱼不但没有伤害他，还簇拥着把他"护送"上岸，直到史迪威安全爬上岛边的礁石，鲨鱼们才摇头摆尾地离开……

史迪威获救后，开始搜集鲨鱼救人的资料。

令他惊讶的是，在近几年千余起鲨鱼袭人事件中，当事者绝大多数都安然无恙，与世间传说的"大部分致命"大相径庭。

史迪威对这件事也产生了疑虑。就在这时，一份杂志登载了美国佛罗里达州一名女大学生被鲨鱼救助的消息，这篇文章坚定了戴维斯继续探索的决心。

经过多年潜心研究，史迪威船长写就《鲨口余生》

一书，澄清了许多鲨鱼袭人的误传。

《鲨口余生》畅销全球。

这天，随船实习的中国航海学校学生姚航来到美国西海岸西雅图，立刻买了这本向往已久的书。兴奋之余，姚航把这一消息告诉了远在航海学校的老师。

老师希望姚航回国时把书带到学校，让校友们一睹为快。

谁料，未等姚航踏进国门，史迪威船长已经应邀来到中国参加一个国际性的专题研讨会。

会后，史迪威出席了一个记者会。

面对记者的"长枪短炮"，史迪威从容淡定。

"每年全球有百余起鲨鱼袭人事件，其中大部分是致命的，这是真的吗？"记者问。

史迪威答道："错了。统计证明：全球鲨鱼袭人事件，每年不足 30 起，死亡率只有 10%~15%。"

"大部分袭人事件发生在水深不超过 1.5 米的浅水区？"记者又问。

史迪威停顿了一下说："这个数字只是对海滩边游泳的人而言。《鲨鱼袭击记录》表明，离岸越远，越容易遭到鲨鱼的袭击。"

"鲨鱼只会在狂怒的情况下攻击人？"

"只有 4% 的情况是这样的。"

"鲨鱼袭击个别人的同时也会袭击周围的人吗？"

史迪威笑了笑说："一般不会，鲨鱼习惯选择一个人作为袭击对象，而不会理会其他人，所以救援者风险很小。"

"鲨鱼发动进攻前，"一位女记者插话说："会先围着被袭击者转圈吗？"

"是的，鲨鱼在观察被袭击者是否对它有威胁。"

"人类哪些行为对鲨鱼来说是一种威胁？"女记者追问道。

"比如人的行为打扰了鲨鱼的求偶，侵入了它的'领地'或切断了它的退路。"史迪威解释道："被袭击者惊慌失措的呐喊和逃窜也会让鲨鱼产生威胁感。"

"有流血伤口的人多半会成为鲨鱼袭击的对象？"记者争先恐后地提问，场面十分热烈。

"海中任何异常的化学物质都会引起鲨鱼的警觉。不过，微量的血不会让鲨鱼发狂。"

一位来自《航海》杂志的记者，忽然提到 20 世纪美国新泽西州海岸一连串鲨鱼袭人事件，说："这一事件后，人们开始了空前的猎鲨行动。可有人说，鲨鱼并没袭人。"

"后来，经过仔细查证，发现鲨鱼被'冤枉'了，因为鲨鱼从来不光顾这个海湾。由于人们对鲨鱼的误解，把所有罪名都归于它了。"

还是那位记者，突然提高了嗓门，站起来说："船长先生，海难发生后，面对凶残的鲨鱼你是如何脱身的？"

"当时我精疲力竭，面对鲨鱼已毫无反抗之力，只能紧闭双眼任凭鲨鱼摆布。"史迪威有些激动地说："没想到，鲨鱼没有丝毫伤害我的意思，待我上岸后，鲨鱼才离去。"

"简直是奇迹！"全场一片喧腾。

"一般情况下，鲨鱼不会主动伤人。有经验的潜水者遇到鲨鱼都会心平气和地与鲨鱼和平共处。"史迪威说。

记者会开得热烈紧张，与会者受益匪浅。

姚航虽然未能参加记者会，但是个幸运儿。在归国后的北京机场上，他见到了将离境的史迪威船长。

在姚航那本《鲨口余生》的扉页上，史迪威船长留下一句话：神奇的海洋，勇敢的海员。

"魔鬼海"的飞鱼宴

"开饭喽！"大厨喊破了嗓子，摇碎了就餐铃，也没人回应。他上下跑了几趟，发现除了值班的人外其他人都在船舱里呼呼大睡。

终于，船上的人们都来到餐厅，望着满桌以飞鱼为食材做成的"鱼宴"，个个垂涎欲滴。

谁知，一口咬下，诱人的飞鱼那股难言的腥涩，看似鲜嫩却嚼不动的鱼肉，让人们大失所望。

眼前的情景，使船员们想起昨天经过"魔鬼海"百慕大三角洲海域时惊心动魄的一幕。

几天前，"海王星"号接到由波兰格但斯克驶往美国迈阿密的消息，船要航经"魔鬼大三角"海域。有人开始担心全船人员的安危，因为根据有关记载，19 世纪以来，在此海域失踪的船舶有近百艘，遇难的也达数千人。

天刚亮，"海王星"号终于驶进了"魔鬼大三角"海域。

此刻天空碧蓝，风平浪静，不过，沉寂的海面却使人感到莫名的恐惧：难道这就是人们"谈海色变"的"魔鬼海"吗？

正当人们疑惑不解时，忽然，船首方向遮天盖日般涌来一大片飞鱼。大片飞鱼伸展着长长的鱼翅，贴着水面流星般在船舷两侧穿梭，场面十分壮观。

紧接着，成群低飞的飞鱼纷纷散落在甲板上。不一会儿，刚才还翻腾跳跃的飞鱼像中了邪，张着大嘴瞪着突眼，直愣愣地躺满甲板且个个腹胀如鼓。

人们被眼前的景象惊呆了。突然间，雷声滚滚，天空顿时乌云密布。霎时，海面掀起滔天大浪，船左右摇晃达 20 多度。

为了减少船体摇摆，船长决定改航向航行。就在这时，天空中又传来一阵闷雷声，接着铅色的天幕下一个硕大的灰色水柱旋转而来。

"龙卷风!"水柱急剧旋转升腾,上端是团蘑菇状浓云,下面连着海面,与海面形成70多度夹角,在海面上呼啸而过。

这时,驾驶台值班舵工发现:船偏离船首30多度,船上的导航和通讯都中断了……

谢天谢地,傍晚时这场惊心动魄的海上风暴终于过去了,海面恢复了平静。

心有余悸的大厨望着满甲板的飞鱼突发奇想:来个"飞鱼宴"犒劳船员兄弟们吧。

谁知,弄巧成拙,这飞鱼不仅不鲜美,连肉都嚼不动!

事后,就这次海上风暴的问题,"海王星"船长阿纳森请教了有关海洋专家。专家说,"魔鬼大三角"海域出现神秘现象是由多种因素造成的。

有人认为,这是墨西哥湾暖流引起的复杂气象;也有人认为,这个海区海底火山周期性爆发,地壳下沉产生飙风和磁暴,形成"船吸"现象;更多的人则认为,"魔鬼大三角"海域有股从海面到海底的奇特海流,是这段海流在进行涡旋运动。总之,说法不一而足。

关于飞鱼不鲜且硬的原因,专家指出,"魔鬼大三角"海域风暴来临前后海中可能会出现次声波。飞鱼受到次声波的刺激,变得不鲜且硬。

大厨精心准备的"飞鱼宴"虽然不那么美味,却使人们得到一次意外的知识收获。

被鲨鱼"撕毁"的遗嘱

"麒麟"号进入香港琦辉船厂第二天，韩晟船长了解到一个意外的新闻：50多年前，刚投产的琦辉船厂抢修了一艘奇异的海难船，后来这艘船名声大噪，引起海事组织的关注。

韩晟船长是位资深的航海家，也是海事组织的专家成员，他准备进一步了解情况。

海难船船长仍然健在，凑巧，过几天就是他的百岁寿辰。

庆寿活动那天，香港航运界名流云集在船厂的会议室里，热闹非凡。

会议室里悬挂一副楹联：

> 航界宿将，德高望重。
>
> 难船"救主"，名垂千古。

老人名叫赖鼎航，祖籍福建，鹤发童颜，声音洪亮。

　　韩晟是他的福建老乡，心情格外激动，认真地听老船长讲述 50 年前那段离奇的海上经历。

　　20 世纪 60 年代，中秋节前夜，"福龙"号货船穿过马六甲海峡朝香港驶去。

　　鼎航船长测定了船位，并跟轮机长通了电话：加快船速，争取赶到香港过中秋节。

　　这时，海水呈现深蓝色。经验丰富的鼎航船长知道此处海底密布热带珊瑚礁群，海水中溶解了大量碳酸钙，他特意嘱咐值班人员把准航向，又在海图上注准了水深，才放心回到舱室。

　　船员们正在兴致勃勃地谈论着如何回家过节、怎样挑选赠送亲友的礼物的事。鼎航船长把在英国给儿子买的船模小心地收好，写完当天的航海日志，方才上床休息。

　　午夜，一声巨响，将人们从睡梦中惊醒。原来，船底触礁，海水从破洞处涌进机舱。

　　鼎航船长立刻带领全体船员堵漏抢险。抽水机拼命地吼叫着，但是，灌进船舱的海水有增无减。

　　"福龙"号开始倾斜下沉，情况十分危急。

　　鼎航船长登上驾驶室，亲自发出了呼救电报，并下令准备弃船。

　　全体船员聚集在餐厅里，望着决心殉船的船长，谁也不肯离去。鼎航船长强令大家立刻登上救生艇，并把一份写好的遗嘱和送给儿子的船模交到轮机长手上，请轮机长带给家人。

　　此刻，餐厅里鸦雀无声，只能听到那座古老的大摆钟发出的响声。

在这艰难时刻，机舱里传来一阵抽水机的响声——一名机工还坚守在机舱里。不由分说，鼎航船长一头冲进机舱喊道："快上来，我来帮你！"

救生艇刚要放至水面，忽然一直坚守在机舱的机工跑上甲板，报告了一个意外的消息：舱内水位陡然下降，海水不再涌进船舱。

救生艇上的船员重新登上海难船直奔机舱。只见被淹没的机器又裸露出来，鼎航船长满身油水，身边是轰隆隆工作的抽水机……人们的眼泪夺眶而出。

机器又转起来，船在中秋之夜赶到了香港。

对于为什么海水突然不再涌进船舱，船员们不明白，鼎航船长也疑惑不解。

"福龙"号驶进船台进行检查时，人们发现船尾靠机舱处有一破洞，船台进口处躺着一条奄奄一息的大鲨鱼。

这一奇闻轰动了香江两岸。

香港各大报纸都在显要位置刊登了这一奇闻，有的还添油加醋地渲染：这条"神鱼"施展魔法救了大船。

鼎航船长为此专门求教专家。专家认为，鱼有趋光性，从船底破损处漏出的灯光招引了许多游鱼。贪食的大鲨鱼在追捕猎物时，不慎闯入洞口，海水的压力又使它无法脱身，正巧起了堵漏的作用。人们戏称是这条大鱼"撕毁"了船长的遗嘱。但是，海难船船员们则认为，危机化解的真正原因是鼎航船长坚守岗位镇静自若，决心殉船的忘我精神激发了船员们的勇气，赢得了抢险时间——是船长亲自"撕毁"了那份遗嘱。

事后，海事组织派人来考查，确认了多数船员的看法：鼎航船长尽心尽职，对海难船不离不弃，鼓舞了士气，赢得了抢险时间。

不久，在一次海事组织会议上，韩晟船长得到一个可喜的消息："福龙"号事件后，有关组织制定了"船长最后离开难船"的规定。这样，每年海上遇险沉没船只较以前大幅减少。

韩晟敬佩前辈赖鼎航船长，那张在香港与赖鼎航船长的合影成了永恒的纪念。

"海底人"的儿子

迈克尔从出版社出来，波兰格丁尼亚港已经华灯初上。新书《寻踪"海底人"》即将出版发行。兴奋之余，迈克尔哼起了自编的小调："海底人"真稀奇，来无踪，去是谜，大脑壳，细眼皮……

不知不觉，迈克尔来到一座小酒吧前，忽明忽暗的"海底人"招牌格外醒目，里面已经人满为患。

迈克尔与酒吧老板吉姆是老相识。

五年前，迈克尔的父亲在一次沉船事故中遇难，至今未见尸骨；母亲改嫁，远去他乡，孤苦伶仃的迈克尔以酒浇愁，成了吉姆小酒吧的常客。

一天，迈克尔刚走出酒吧不远，就醉倒在码头的栈桥上。他一醒来，忽然发现身边躺着一个奇怪的人：他穿一身没领没袖的桶式"制服"，脸和头发像被烧伤，大大的脸上两只小眼睛闪着光，在地上艰难地爬行……

迈克尔惊出一身冷汗，慌忙大声呼叫。

众人连忙把这个怪人送进附近一座大学医院。

医院初步检查，怪人的手指和躯干异于常人，需进一步研究。

人们都说这是传说中的"海底人"，此前媒体曾报道过"海底人"现身的新闻。

"海底人"的出现使这座地中海沿岸的小港名声大噪，慕名而来的游人络绎不绝。酒吧老板吉姆趁势将店铺更名为"海底人"，生意十分红火。迈克尔也一改常态，潜心研究起"海底人"来。

吉姆见迈克尔进来，老远就打招呼："'海底人'的儿子，近来有何新闻？"由于迈克尔首先发现了"海底人"，又痴迷研究"海底人"，人们习惯叫他"海底人"的儿子。"我正在找你！"吉姆对迈克尔给他带来的好运十分感激。

吉姆把迈克尔带进一个包间，还没等迈克尔把新书出版的消息讲完，吉姆就迫不及待地告诉他说："有位客人要见你，听说又发现'海底人'了。"

说着，一位身穿笔挺海军制服的年轻军官走了进来。简单的寒暄后，军官讲述了最近在波多黎各追逐海底不明潜水物的经过，并拿出一沓当时拍摄的照片。

迈克尔如获至宝，边听边记，并不时重复着说道："潜水物像只棒槌，身上有个巨大的螺旋桨，飞速旋转。"

青年军官频频点头："速度极快，我们追逐了四天四夜，还是被它甩掉了。"

"这绝不是地球人制造的新式武器，是'海底人'操纵的不明潜水物。"迈克尔饶有兴趣地说："不久前，美国人在波多黎各附近海域也发现了类似的不明潜水物，他们派了潜艇和驱逐舰追踪了900多千米，最后不明潜水物沉到海底消失了。"

当晚，迈克尔又喝了个酩酊大醉。

迈克尔跌跌撞撞回到了住所已是午夜时分，刚爬上床他手机响了，手机里传来微弱而熟悉的声音："贝贝，我是你爸爸。"

顿时，迈克尔惊得大汗淋漓，酒也醒了。"贝贝"是这个世上只有父母亲知道的小名，难道父亲在天堂召唤自己？

迈克尔狠狠抓了自己一把头发，又给自己胸口来了一拳，自言自语道："这不是在做梦吧！"

手机里仍然传出断断续续的说话声："贝贝，我是你爸爸。"

望着窗外漆黑的夜空，迈克尔浑身发抖，连忙关掉了手机。

这一夜迈克尔辗转难眠，时时被噩梦惊醒。

第二天清晨，一辆医院的救护车来到迈克尔屋前。不由分说地把迈克尔拉上车，还没等迈克尔醒过神来，救护车已抵达医院门口。

医院门口已经挤满了人。

他们好不容易挤进医院二楼的特护病房，一个熟悉却恐怖的面孔出现在迈克尔面前。

迈克尔大喊一声"爸爸"，顿时眼前一黑昏了过去。

待迈克尔醒来，护士将他扶到父亲的病床前。"贝贝！"瘦骨如柴、声音嘶哑的病人终于说了话："我是你爸爸。"

终于，迈克尔跪倒在病床前："爸爸，这是真的吗？"

医生向迈克尔讲述了事情的经过。

不久前，一支打捞船来到迈克尔父亲五年前沉船的海域附近进行打捞作业，意外探测到沉船里有生命迹象。人们尽全力把沉船打捞出水，发现沉船里 14 名船员竟然还活着。他们个个骨瘦如柴，嘴里嘶嘶发声却不能言语，但是他们的眼睛仍然闪着兴奋的目光。他们立刻被送往医院进行强化治疗……

"这简直是人间奇迹。"迈克尔向专家求教说："漫长的五年海底时光，他们怎么能存活？"

专家解释说："经过对沉船考察得知，沉船密封完好，而且恰巧有一根铁管通出海面，这使船舱里有足够的氧气供人呼吸。船上还有数量可观的罐头食品和淡水，确保了船上的人的基本生活需求，更主要的是他们有强烈的生存欲望和患难与共的精神。他们是地球上的'海底人'。"

迈克尔成了真正"海底人"的儿子。

"摄影女王"巧识"幽灵船"

出差归来的海伦还未放下行李，就被叫到地理空间搜索组织的影像室。菲比说："这艘'幽灵船'，船名模糊不清。"

地理空间搜索组织是专门追踪记录海上"幽灵船"的机构。"幽灵船"最初出现在海盗猖獗的欧洲。遭海盗"截杀"的船只被遗弃在茫茫大海里，没有人迹和灯光，随波逐流，所以人们称它们为"幽灵船"。

随着航海技术的发展和海盗的收敛，"幽灵船"渐渐销声匿迹。近来，由于种种原因，"幽灵船"泛滥海上，给航海安全造成了极大的威胁，各国纷纷成立了追踪"幽灵船"的机构。

海伦熟练地通过卫星系统将"幽灵船"的影像逐渐放大。"幽灵船"的船体锈迹斑斑，船舱的船名只剩几个模糊不清的字母。

几个字母忽然在海伦脑海里一闪："难道……"

菲比从海伦眼神里似乎发现了什么，问道："认出来啦？"

海伦耸耸肩欲言又止，对菲比说："记不清了，先记下'幽灵船'的位置。"

就在这时，理事长泰诺走了进来说："阿拉斯加附近海域，一艘'幽灵船'刚刚被处理完毕，现在我们马上赶往现场。"海伦跟随理事长登上直升机。

原来，一艘名叫"渔夫"的日本渔船，之前停泊在日本青寿县八户港。在一次海啸中被海浪卷走，随着洋流漂泊数千米，最后横渡大西洋进入美国阿拉斯加海域，成了一艘的"幽灵船"，威胁到进出美国海域船舶的安全。

现场拍照后，海伦回到驻地已是满天星斗。

路上，理事长泰诺给海伦看了"幽灵船"的信息资料，说："大西洋海域出现一个神秘的'三角区'，一年之内有三条货船在这里失踪。特别是最近两个月，'安吉明'号和'东方明尼'号都在求救信号发出不久就消失得无影无踪，至今下落不明。因此，要加强对这个海域的监控。"

最后，理事长问起上午发现的"幽灵船"的情况。

海伦说："有一点线索，还不能确定，船名和船型要进一步进行核实。"

海伦回到家中已近午夜。

女儿莎莎还在津津有味地看电影碟片，她是个小影迷。莎莎这个爱好，缘于海伦以前曾在美国好莱坞工作。

海伦年轻时是美国好莱坞一名职业摄影师，因为与电影《女王》中女王的扮演者海伦·米伦同名同姓，人们称她为"摄影女王"。一次意外事故，海伦摔伤了腰，几经辗转来到地理空间搜索组织工作。由于摄影基础好，她很快成了团队里的骨干。

海伦见女儿还在看碟片，正要责怪几句，当看到影片中熟悉的面孔时忽然凑了过去。这是一部由著名女星柳博芙奥尔洛娃主演的佳片——《大马戏团》。这时，海伦脑中灵光一闪，径直走进书房翻开了《世界船名录》找到一张发黄的旧照片。

第二天清晨，海伦匆匆赶到办公室，拨通了菲比的电话："船名模糊不清的'幽灵船'为'柳博芙奥尔洛娃'号邮轮……"

一年前，这艘豪华邮轮因年久失修而被废弃，被海王星国际航运公司以废钢船收购。航运公司租用了加拿大"查伦尼亨特"号拖轮将船拖往多米尼加折船厂。途经加勒比海域时，由于风急浪高，两条拖绳意外崩断。"查伦尼亨特"号试图重新系上绳缆，却未成功……这艘船幽灵般在大海里游荡。

回到家里，女儿莎莎问起妈妈如何识别出这艘"幽灵船"的，海伦解释道：

"为纪念柳博芙奥尔洛娃，相关组织特将一艘刚下水的观光邮轮以她的名字命名。奥尔洛娃曾特意把在船边的照片寄给一个在好莱坞工作的老朋友，后来这照片收入《世界船名录》一书。根据尚能辨认的几个字母和船形，还是能识别出它的。"

好望角、太阳船和海盗的"感谢信"

好望角与"Z字"航法

1487 年初夏。

葡萄牙里斯本码头广场人山人海。昔日寂静的码头,此时军乐齐鸣、旌旗飘飘。

全副武装的皇家骑兵列队,从大道排到码头栈桥。

众人簇拥下,国王若昂二世缓步走近码头边的祭台。祭台上放着一个精致的木雕盒子。早在祭台旁等候的中年男子,单膝跪地,双手高举过头。

这位中年男子,就是葡萄牙著名航海家迪亚士。

13 世纪末,马可·波罗的游记写就。在书中,马可·波罗把东方描绘成黄金遍地、富庶繁荣的乐土,引发了欧洲人到东方寻找黄金的热潮。

葡萄牙国王若昂二世令迪亚士率领一支探险队,乘坐"探险"号帆船,寻找绕过非洲南段进入印度洋到达东方的航路。

迪亚士接过国王赐予的装有望远镜的盒子，谢过国王后，转身登船。码头边，一位双鬓斑白的老者挡住迪亚士的去路："船长大人且慢。"

老者是位饱经风霜的渔民，望着即将登船的迪亚士说："航路艰险，若遭遇'杀人浪'，有去无返。"

老者见众人疑惑，便解释说，非洲南端风高浪急，常有"杀人浪"出现。"杀人浪"前面犹如悬崖峭壁，后面宛如缓缓的山坡，浪高数十米，在夏季频频出现。"杀人浪"埋葬了无数渔民，其所在的海域是名副其实的"海上坟墓"。

老者拿出一个封好的纸袋："我大半辈子在海上积累的经验就'装'在这里面，遇到'杀人浪'时可打开这个纸袋。"

迪亚士收好纸袋，谢过老人，率领随员登上航船。

开始一切顺利，迪亚士沿着前人探索过的航线一直南下。过了南纬 22° 后，迪亚士开始探索航海家未走过的航线，然而海岸线越来越模糊。为加快船速，迪亚士决定把船上的一部分货物食品搬到两艘快船上，率领两艘快船继续前行。

但是，猛烈的风暴突然而至。迪亚士的航海日志这样记载：一个个漩涡状的云柱飞驰而来。海上咆哮的巨浪不时与船舷碰撞，发出阵阵鬼嚎似吼叫。巨浪排山倒海般压向船首，两条快船如浮萍一样任凭巨浪摆布。这就是人们常说的"杀人浪"。

此刻，迪亚士想起老者的神秘纸袋。纸袋里并无他物，只有一张纸，上面画了一个大大的"Z"字。

迪亚士恍然大悟：面对"杀人浪"，船应采用"Z字"航法。果然，"Z字"航法让船躲过了一波波滔天巨浪，避开了一个个飞转的漩涡。

十个日日夜夜之后，风暴尽管平息了，但死里逃生的迪亚士仍然没有发现大陆的影子。就在"弹尽粮绝"的前夜，迪亚士作了一个大胆的推断：这场罕见的"杀人浪"使他们远离了非洲大陆，必须调转船头向东航行。

又经过一天一夜的航行，仍然没有大陆的踪影。迪亚士没有泄气，亲自操起船舵。他认为航船已经绕过非洲最南端，继续向东航行会离非洲越来越远，必须朝北转舵。

迪亚士又把船舵转向北方。没多久，他们终于隐隐约约发现了大陆的影子。迪亚士率领探险队抵达了南非的莫塞尔湾。

从海湾继续向东，海岸线逐渐转向东北方向的印度，因此迪亚士确认自己已绕过非洲大陆南端的全部海域，打通了前往印度的新航线。船员们过于疲惫，拒绝继续前行，迪亚士十分无奈，只能返航。在返航途中，迪亚士又来到船队遭遇风暴的地方，他将其命名为"风暴角"。

葡萄牙国王若昂二世得知"探险"号船队打通了前往印度新航线的消息兴奋不已，大宴探险队三天。可是，国王觉得"风暴角"这个名字不吉祥，亲自把它改为"好望角"，意思是绕过这个海角就可以到达富庶的东方。

1500年，迪亚士再次远征非洲。不料，船队在好望角再次遭遇"杀人浪"，装备精良的大船最终没逃过"杀人浪"的袭击，被掀翻在滔滔的大海里。

迪亚士和他的伙伴永远葬身在他发现的好望角附近海域。人们为了纪念这位伟大的航海家，尊称迪亚士为"好望角之父"。

在1869年苏伊士运河通航前的漫长岁月里，绕道好望角是欧洲人去往东方的唯一海上通道。

一位饱经风浪的老船长绕行好望角时，在航海日记里这样写道：船抵达好望角时，船员自觉拉响汽笛走上甲板，脱帽远眺，向"好望角之父"致敬，向勇敢的航海者致敬！

"黑暗餐厅"里的"尼克"号秘闻

"尼克"号邮轮遇难50周年纪念会即将召开。英国伦敦的泰晤士拍卖行正举行一场大型拍卖会。流落民间的"尼克"号上的物品、幸存者的遗物等吸引了众多的竞拍者。

起初，拍卖大厅秩序井然。忽然，一张据说能揭开"尼克"号沉没秘密的明信片掀起一阵拍卖热潮。出价最高者是位满脸沧桑的老妇人，名叫南希·怀尔特。最后，她以七万英镑的高价得到这张明信片。

一张小小的明信片竟然能揭开"尼克"号沉没的秘密？按规定，遗物持有者要对最高出价者详细说明遗物来历。

明信片持有者也是位白发苍苍的老妇人，名叫茜茜·布莱尔。一直未露面的茜茜通过委托人，邀请南希夫人到"黑暗餐厅"会面。

伦敦近郊的一个小镇上，有许多特色店铺：树上咖啡屋、骷髅食府、迷你酒吧……"黑暗餐厅"是位心理学家经营的：厅里一片漆黑，除了服务员的引导灯，几乎没有一丝光亮，只有响声和味道。

南希夫人和茜茜如约来到"黑暗餐厅"。茜茜要了两杯咖啡，开始讲述这张明信片的来龙去脉。

1912年，一个阴霾密布的日子。英国豪华邮轮"尼克"号从英国驶向美国。

船长摘下嵌有金色铁锚的大檐帽，凝视着阴霾的天空，不时在胸前划着十字：上帝保佑，一路平安。

起航前，刚刚赶到船上的二副布莱尔，忽然接到"尼克"号公司老板的通知，老板决定从其他船上调来经验更加丰富的亨利·怀尔特代替布莱尔。

布莱尔出身于海员世家，参加"尼克"号首航是众多航海者梦寐以求的愿望。接到通知单后，情绪沮丧的布莱尔匆匆离开了"尼克"号。

谁知，布莱尔无意中将一件十分重要的船上物品带下了船——瞭望台上装有唯一一副望远镜的匣子的钥匙。直到"尼克"号离开英国，布莱尔才发现这把钥匙。

归途中，布莱尔把离开船的消息和遗忘钥匙的经过写在一张明信片上，寄给了远在家乡的妻子和女儿。

这张明信片一直珍藏在布莱尔妻子手里，直到布莱尔夫妇先后去世。女儿茜茜成了这张明信片的唯一持有者。

"尼克"号离开南安普敦驶入大西洋海域不久，不慎撞上冰山顷刻沉于大洋深处，船上几百人永远葬身在冰冷的大洋海底。

酿成这场悲剧的原因众说纷纭。

这张泛黄的明信片，掀起了一场望远镜与"尼克"号沉没原因的讨论。

"尼克"号沉没后幸存的水手弗利特对调查人员说，如果船上有望远镜的话，"尼克"号上的人可以及早发现冰山。

接替布莱尔的亨利·怀尔特在沉船事故中不幸罹难。

拍得明信片的人的身份完全出乎人们的意料：老妇人南希，正是亨利·怀尔特的女儿。

提到为什么选择"黑暗餐厅"会见面时，茜茜有些激动。拍卖会后，她已知晓茜茜的身份。这是一场无法挽回的悲剧，往事回忆会引起深深的痛苦。当然，她也希望避开世人的目光……

事隔不久，茜茜将那把钥匙赠予了海员协会。每当人们在海员协会的大厅里看见这把钥匙时都会忆起那段往事，都会记住"瞭望，瞭望，还是瞭望"这句航海者的祖训。

绞刑架下的"火女郎"

这个故事发生在 18 世纪的西班牙马德里。初春的马德里细雨纷飞，王宫对面的广场被雾气笼罩着。阴沉的云雾时浓时淡，一具绞刑架时隐时现。

按照西班牙的法律，犯有重罪的人才能在王宫广场上"享受"这种待遇。

沉重的钟声响起，雾气逐渐散去，天空露出了久违的太阳，一辆马拉的囚车缓缓驶进广场。

围观的人们不约而同地朝囚车望去。

囚车上昂首挺立着一位娇美的女子，她有一双碧蓝的大眼睛，一头棕红色的卷发，神态自若，气宇轩昂。

她就是波涛骇浪中驰骋多年的"海盗女王"卡塔琳娜，绰号"火女郎"。

广场上人声鼎沸，人们大声呼喊着："上帝保佑你，

'火女郎'!"

突然钟声骤停，一匹快马冲过人群疾奔而来。来人飞身下马，拔出腰刀，对着绑在卡塔琳娜脖子上的绞索，"嗖"的一刀，刀起索断，绞绳落地……人们顿时惊呆了！

卡塔琳娜是巴塞罗那船王的千金，从小活泼暴烈，争强好胜、不服管束，有"假小子"的绰名，骑马、舞剑、划船样样精通。卡塔琳娜父亲无奈之下，曾将她送到修道院"静思"。

生性自由的卡塔琳娜逃出修道院，一年后手持佩剑、腰挂手枪来到秘鲁境内的招兵处，女扮男装成了一名西班牙驻秘鲁的陆军士兵。

一天，由于不堪忍受上级军官的欺压，脾气火爆的卡塔琳娜拔剑朝一名上校军官刺去，正中上校前心，上校不治而亡。旁边的副官见此情景上前阻止，卡塔琳娜转身一剑又结束了副官的生命。卡塔琳娜还未来得及高兴，就发现被杀死的副官正是自己的哥哥。

陷入深深自责的卡塔琳娜连夜逃离军营，来到南太平洋一座海岛上，加入了海盗团伙。

一次海战中，海盗船长不幸身亡。"群龙无首"的海盗们顿时乱成一团。战斗中，卡塔琳娜高举佩剑勇猛向前，海盗们紧跟其后，很快对方就被征服。于是，人们推举卡塔琳娜当上新的船长。这时，卡塔琳娜换上女装，海盗们才惊讶地发现，他们的首领竟是一位美艳的女子！

卡塔琳娜勇猛善战，十年海盗生涯中劫持了无数船只，聚敛了大量财宝。

卡塔琳娜有一头火红卷发，也因她性格暴烈，所以被人称为"火女郎"。"火女郎"虽然性情暴烈，对来自自己祖国西班牙的商船却"优惠有加"，不仅不袭击抢劫，对于需要补给的商船还主动给予帮助。

但是，"火女郎"海盗团势力不断增强，成了许多国家海上贸易的心头大患，许多国家都想围剿卡塔琳娜率领的海盗船队。

英国向西班牙施加压力，要他们帮助消灭卡塔琳娜，西班牙海军与英国海军开始联手对"火女郎"进行围剿。

联合舰队在南太平洋上追踪卡塔琳娜海盗船队数月，终于找到了海盗船的踪迹。深知卡塔琳娜"规矩"的英国海军让西班牙海军打头阵，以迷惑卡塔琳娜。

卡塔琳娜发现军舰悬挂西班牙旗帜，便"无心应战"，转舵让过。谁知，随后的英国海军见机包抄过来，深陷"圈套"的海盗船顿时大乱，卡塔琳娜在战斗中最后因体力不支而被擒，海盗生涯就此结束。

卡塔琳娜十年海盗生涯，抢劫无数商船，被西班牙马德里法庭判处绞刑。这一消息激起"千层浪"，昔日受过卡塔琳娜帮助的商人和百姓聚集在马德里王宫前，请求菲利普三世赦免卡塔琳娜。

菲利普三世深知卡塔琳娜心念祖国，从未掠夺过西班牙商船。最后时刻，菲利普三世决定免除对卡塔琳娜处以绞刑的判决。

这就出现了文章开头的情节。

特使不仅砍断绳索，还宣读了菲利普三世的特赦命令：免除卡塔琳娜的罪行，并封领地一块。叱咤风云的"火女郎"，后来就在这块领地里度过了余生。

至今，西班牙的许多纪念馆里都挂有卡特琳娜的戎装画像。

海盗的 "感谢信"

这个故事发生在 18 世纪。被海盗洗劫一空的一艘商船，没有人迹，没有灯光，在加勒比海域随波逐流。船东赶到时，船上一片狼藉。

人们在瞭望台里发现一封完好的信，信上插着一把闪亮的匕首。

信是写给船东的。

尊敬的船东先生：

你知道我是谁吗？说出来你会被吓得魂飞魄散。五年前，如果不是我刀下留情，你已经身在天堂了。

好啦，现在言归正传。

首先感谢你的船员，然后感谢你的船。你这艘单桅帆船像只蹩脚的 "笨鸭"，我们不费吹灰之力就逮住了它。

我们还是很斯文的，没动一刀一枪就把你的船员统

统赶下海。当然，叛徒劳尔是个例外。你知道我们的规矩，出卖我们秘密的人是要享受"割舌吊桅"惩罚的。

我们十分欣赏船上的瞭望台，宽大、密封性好。瞭望台一角的保险柜让我们费了不少周折。打开后，发现里面没有现金和珠宝。但是我们还是幸运的，里面的航运图和载货计划，会给我们带来更多的机会。

船长室是我们必去的地方。翻遍房间所有抽屉只找到一枚钻戒，钻戒的成色和工艺都不错，估计是船长送给老婆的礼物吧！翻出船长的一沓情书，知道"名钻"另有主人。看来，船长是个花花公子。

尊敬的先生，你不要见怪，漂泊在海上的男人谁没有情人？不瞒你说，大名鼎鼎的女海盗安妮和玛丽都是我的老相好。听过安妮的传说吗？听完她的故事，你会三天三夜睡不着觉。好了，这枚钻戒就送给她吧。

船长室隔壁的海图室一塌糊涂，满地酒瓶和烟草。看来船长是个十足的酒鬼，不过，那块从东方传来的指南针使我们喜出望外。

尊敬的先生，你也知道吧，没有指南针的日子是多么难熬。"太阳石"只能在有太阳的白天显威风，到了夜间和阴天，我们就成了无头苍蝇不知航向。

当然，我还要感谢你在船上的储藏间里存放的粮食和淡水，这些供给足够我们在海上漂泊半年。

尊敬的先生，你知道，我们现在的日子不好过，加勒比海域周边国家联合起来围剿我们。我们在美洲的绳岛、拉艾斯的实拉岛和莫纳海峡的萨玛地区的粮食和珠宝被扫荡一空。今天的意外收获，解了我们的燃眉之急。

还要说那只单筒望远镜，外表精美华丽，地道的西班牙新货，是兄弟们梦寐以求的宝物。不过，我还是准备把它送给我的好兄弟莱佳。他是位独眼航海家，一次海战中，为了保护我失去了右眼。

尊敬的先生，最后不得不提船上的货物：满仓的煤炭对我们毫无用处，甲板上的香料和药材是市场上的抢手货。要知道，现在香料的价格超过了黄金，非洲疟疾正在流行，到手的药材可谓"雪中送炭"。

好了，原想再多写些，外面海上有了动静，只好写到这里。

最后，想起东方人的一句古语：好汉做事好汉当！

让我告诉你，我的大名叫杰克·拉康姆。

写信的人是大牌海盗杰克·拉康姆，他的名字，可谓无人不知、无人不晓。就在事情发生不久，一艘装备精良的牙买加战舰逮捕了他。

海上"星巴克"

彝臻从航海学校毕业后，在一艘外籍远洋货船上做水手。彝臻喜欢喝咖啡就是从登上"星巴克"号开始的。

"星巴克"号货轮是以世界著名连锁咖啡店"星巴克"的名字命名的。船舱的餐厅里，有一把硕大的咖啡壶，免费供应咖啡。咖啡壶上贴有一张"星巴克"创始人舒尔茨的照片。据说，"星巴克"号船东与舒尔茨都是美籍犹太人。

彝臻心想：这里面一定有什么故事。一天，刚上船不久的彝臻去问水手长汤姆。汤姆告诉他，过些日子"星巴克"号回美国修船，到时他就会明白。

"星巴克"号来到西雅图的船坞修船时，正值"星巴克"号下水十周年。"星巴克"号下水十周年庆祝活动热闹非凡，船东的亲朋好友、航运界的精英大腕都云集船上；其中，一位鬓发斑白的老人引起彝臻的注意——
他不就是舒尔茨吗？

船东巴沙尔，热情地将舒尔茨迎进船上贵宾室。

水手长汤姆给彝臻讲述了船东巴沙尔与舒尔茨间一
段感人的故事。

"二战"期间，巴沙尔全家为躲避战争，漂洋过海，
亡命美国。贫病交加的父母先后离世，孤苦伶仃的巴沙
尔终日流浪街头。一天黄昏，饥肠辘辘的巴沙尔昏倒在
一家咖啡厅前。他醒来时，发现自己躺在咖啡厅的沙发
椅上，桌上放着一杯为他准备的热气腾腾的咖啡，巴沙
尔热泪盈眶。

得知巴沙尔的遭遇，店主留下了他，让他成了咖啡
店的一名员工。巴沙尔生活有了保障，但他对未来依然
没有信心，终日无精打采。一天，心不在焉的巴沙尔打
碎了盛满咖啡的杯子，还弄脏了客人的衣服。客人没有
生气，和巴沙尔聊起了天。在聊天中，客人知道了巴沙
尔的身世，决定带他去一个地方。客人把他带到贫民区
一座破旧的老房子前，讲了一个老房子主人的故事。

大约40年前，圣诞节，家家灯火璀璨。

房子里一个12岁的小男孩和他两个弟弟饿得肚子咕
咕叫。因车祸失去工作的父亲，没有了经济来源，整天
以酒消愁。母亲一时借不到钱，只好把三个孩子全都赶
到街上玩耍。

圣诞节促销商品琳琅满目。一罐包装精美的咖啡使
12岁的小男孩萌发了异想，他想让多天未喝过咖啡的父

亲开心一下。趁店主不注意。小男孩快速将咖啡罐塞到衣袋里，不巧被店主看到了。小男孩撒腿就跑，自以为甩掉了店主。回到家里他急忙打开咖啡罐，香浓的气息飘出来了，然而，父亲还未来得及品尝，店主就赶到了。小男孩遭到父亲一顿毒打。

刻骨铭心的圣诞之夜，让这个12岁的小男孩终生难忘。后来，小男孩长大成人，进入了北密歇根大学，一边打工，一边读书。艰苦环境使他成长更快。大学毕业后，他从一个普通的销售员做起，后来晋升为一家公司的总经理。

就任总经理的当天，父亲打电话想要见他，由于在与一位客户谈判，他没有时间回家，谁知几天后父亲去世了。

在整理父亲遗物时，他发现了一个锈迹斑斑的咖啡罐，正是当年那个偷来的咖啡罐！盖子上面有父亲的留言：儿子送的礼物，1965年圣诞节。罐子里还有一封信，上面写道：

"亲爱的儿子，作为一位父亲，我很失败，没能给你提供优越的生活环境。但是我也有梦想。我的最大梦想，就是拥有一间咖啡屋，每天为你们研磨咖啡。可惜这个愿望无法实现了，我希望儿子能拥有这样的幸福。"

读完这封信，他感慨万分。后来，他辞去公司总经理的职务，特别留意与咖啡馆有关的信息。两年后，他凑足了资金买下了一家销售咖啡豆的公司。

当巴沙尔最后得知，那家公司就是后来闻名于世的

"星巴克"，眼前的这位客人就是当年的小男孩如今"星巴克"的创始人舒尔茨时，眼里噙着泪花，握住对方的手不肯放开。

巴沙尔终于从阴影里走出来。经过多年的拼搏，有了自己的轮船公司。为了纪念那段难忘的经历，感谢舒尔茨对他的鼓励，他将首艘下水的船特地命名为"星巴克"号。

彝臻终于找到了答案，原来这个船名里包含着这么多爱和鼓励。他爱上了喝咖啡。

小诸葛的"船帽经"

诸葛绪德是顾斌最佩服的"海友",两人同为海员,"同舟共济"多年。诸葛绪德的脑袋里"装着"不少航海知识,顾斌佩服得五体投地。

一次,顾斌和诸葛绪德所在的"秦川"号,从欧洲塞得港满载货物驶过苏伊士运河。忽然,他们接到一艘希腊货船"艾琳娜斯"号发来的求救信号。"秦川"号马上向地中海驶去。海上波浪滔天,雾气茫茫,"秦川"号抵达难船遇险海域却不见海难船踪影。

这时,海面上出现了一艘船,船长急忙找来诸葛绪德。诸葛绪德举起望远镜看了看,自信地说:"没错,那就是希腊籍的'艾琳娜斯'号。"

海难船被解救后,顾斌暗暗地佩服诸葛绪德的"眼力",连忙过去请教。诸葛绪德不紧不慢地取出一沓画有船舶烟囱图案的卡片,五花八门、色彩缤纷,让人眼花缭乱。

"船的烟囱俗称'船帽',是船的名片。"诸葛绪德说:"仔细观察烟囱的图案和标记,你就可以识别轮船的国籍、种类等。"从此,小诸葛和他的"船帽经"在船上传开了。

小诸葛的"船帽经"引起了顾斌极大的兴趣。这天,顾斌找到一个向小诸葛讨教的机会。"秦川"号在日本横滨港装货,利用航次之间的时间进行保养。顾斌和小诸葛一起给轮船的烟囱补漆。小诸葛看出顾斌的心思,讲起轮船烟囱的历史。

蒸汽时代,轮船的烟囱便被人们称为"船帽"。每只烟囱都表示轮船有个产生动力的锅炉,人们根据烟囱的大小和多寡来判断轮船的速度和安全,烟囱曾被推崇为轮船的"护航神"。

随着时代发展,内燃机代替了蒸汽机,烟囱的作用不如从前,一时出现了无烟囱的轮船。看惯"船帽"的人们并不习惯轮船没有"船帽",而且认为无"船帽"的轮船不吉祥。

一位欧洲的船东,根据人们这种心态,不仅重新给轮船带上"船帽",还在上面绘出吉祥的图案,以招揽乘客。这一招使有美丽"船帽"的船摇身一变成了海上的"宠儿"。众多船东纷纷效仿,每个船东都有几种甚至十几种烟囱图案。

后来,烟囱图案开始变成公司的徽记,成了轮船公司的"名片"。

"船帽"上的徽记对航海起了不可忽视的作用。小诸葛边给烟囱补漆边说："船进出港时，'船帽'的徽记是港口管理方最易识别的标志。发生海难时，营救人员也可以借助'船帽'找到失事船舶。"

此时，顾斌忽然想起不久前营救难船时自己产生的疑问："图案这么多能记住吗？"

"'船帽'图案其实也有一定的规律。"小诸葛说："内燃机取代蒸汽机后，黑烟减少，'船帽'更加鲜艳多彩，出现了很多图案，像皇冠、雄狮、雄鹰、橄榄枝等。美国总统航运公司的'船帽'上是只飞翔的雄鹰；日本大阪船务公司的则是一头大象；英国太平洋熊船公司的是头蹒跚而行的黑熊，看到熊的标记就能知道是英国太平洋熊船公司的船。"

说起中国远洋运输公司的"船帽"时，小诸葛显得有些激动："以前中国远洋轮船寥寥无几，在国外很少看到带有中国'船帽'的轮船。新中国成立后，一家中国远洋运输公司曾在'船帽'上画上了一个红五星还有三条黄色水纹线。五星代表中国国籍，三条水纹线代表中国远洋运输公司经营的世界三大洋运输业务。今天，世界各地的人们都能看到中国的'船帽'。"

顾斌在获得"船帽"的"真经"同时，特意把小诸葛的"船帽"图册复印下来并利用业余的时间熟记于心，现在顾斌也成了"船帽"专家。

"海底骷髅"的命运

2000 年的一天，一架由日本飞往苏黎世的飞机，由于天气原因延误，到达目的港时已经满天星斗。这里正举办国际抽象艺术摄影大赛。

获村一郎匆忙赶往会场，他是位摄影爱好者，专程来参加影展。

获村一郎的作品《海底骷髅》引起评委的争议，有的认为照片是张珍品，有的感到太恐怖，更多人怀疑是电脑合成的伪作。

这张名为《海底骷髅》的照片十分奇特：昏暗的海底横卧着一具白皑皑的骷髅，色彩斑斓的珊瑚衬在一旁。

获村一郎简单介绍了拍摄的经过，他的讲述引起了美国摄影家威廉姆斯的关注，可《海底骷髅》最终没有通过预审。获村一郎怀着沮丧的心情准备返程，威廉姆斯来到机场找到获村一郎，准备购买这张照片。由于时间匆忙，威廉姆斯没有说明购买这张照片的原因。获村一郎为自己遇上伯乐而开心，将照片送给了威廉姆斯。临别时，双方留下了联系方式。

时隔一年，获村一郎意外获悉：《海底骷髅》被一个和平组织收藏。正当获村一郎疑惑不解时，威廉姆斯来到了日本。

威廉姆斯出生在美国加利福尼亚一个农场主家庭。"二战"期间父亲和伯父先后参军。

1941年初冬一个阴冷的清晨，日本对美国珍珠港发动了突然袭击。毫无准备的美国太平洋舰队，面对飞来横祸只能坐以待毙。美国数十艘军舰遭到重创，人员伤亡十分惨重。威廉姆斯的伯父和"亚利桑那"号战舰上1000多名官兵永远葬身海底。

珍珠港事件后，美国正式对日宣战，把复仇之剑指向了号称日本"珍珠港"的楚克岛。

1944年，美国对日本楚克岛发动了"冰雹行动"，包括九艘航空母舰在内的十几艘舰船悄悄逼近楚克岛。顷刻间，楚克岛火光冲天，硝烟弥漫。毫无防备的日军在美军的轰炸中乱作一团，40多艘战舰被击沉，200多架飞机被炸毁，3000多名官兵被炸死。

楚克岛成了最大的海底墓地。

威廉姆斯的父亲参加了这次"冰雹行动"，还获得了一枚荣誉勋章。

战后，威廉姆斯的父亲患上了一种奇怪的病。他经常发出阵阵怪叫，梦里还喋喋不休地讲述楚克岛上伤亡士兵的惨状……逝世前，他不仅毁掉了荣誉勋章，还留下遗愿：希望楚克岛惨剧不再上演！

父亲去世后不久，威廉姆斯参加了国际反战组织，还四处搜集和拍摄许多反战照片，是位知名的反战摄影家。不过，他搜集的照片中很少有能打动他的。

威廉姆斯的讲述，使获村一郎兴奋不已。获村一郎同样出生在一个日本军人家庭。楚克岛战役使襁褓中的他失去了父亲；长大后，为了寻找父亲遗骸的踪迹他跑遍了楚克岛。

楚克岛的海水明净，珊瑚斑斓。当年沉入海底的舰船、坦克、飞机和堆堆的白骨与五彩缤纷的珊瑚同处一处，形成了世界上独一无二的海底奇景。

为了寻找父亲的遗骸，获村一郎练就了一身潜水功夫。获村一郎无法寻到父亲的遗骸，但是，一张张在海底拍摄的照片使获村一郎成了日本的知名摄影师。

这张照片，使威廉姆斯和获村一郎成了好朋友。

金字塔下的太阳船

"东方朔"号来到埃及亚力山大港当天，一下船臧佳就赶往太阳船博物馆。赶到时，阳光已照到金字塔顶，地处北非的埃及，骄阳似火。

薛靳早已在此等候。

薛靳是中国远洋集团驻埃及首席代表，曾是"东方朔"号的船长。

臧佳酷爱船模，家中有一个小小的船模陈列馆，里面藏着不少"宝物"。跨洋西渡美洲的"龙头凤尾"船、郑和七下西洋的"宝船"、悬挂海盗"骷髅"旗的多桅快船等都是臧佳从世界各地"淘"来的。

不久前，臧佳听说埃及金字塔下新建了一座太阳船博物馆，陈列着一艘公元前两千多年制造的船。

"东方朔"号来到埃及亚历山大港的前一天，臧佳就拨通了"老上级"薛靳的电话。

他们来到太阳船博物馆，"太阳船名字很奇特。"薛靳说："古埃及人，认为人死后要飞向太阳，飞向天国，在墓边埋条船，死者就可以乘它飞天。所以，这种陪葬船叫太阳船。"

薛靳多次光顾太阳船博物馆，成了臧佳的导游。他说："博物馆展示的太阳船是古埃及第四代王朝法老的陪葬品。"

天气虽然炎热，博物馆前仍然挤满了来自世界各地的游客。

"这是迄今为止现存的最大、最古老、保存最完好的船，极其珍贵。"薛靳边说边与守馆人打招呼。守馆人见到薛靳，极其热情，破例发了免费参观证。"来这里多趟，已和他成了老朋友，埃及人对中国船员十分热情友好。"薛靳边与对方握手，边把臧佳介绍给对方。

走进博物馆底层大厅，眼前就出现了一条很深的大沟。

"这里是太阳船出土的地方。"接待他们是开罗大学历史系毕业的爱拉女士，能讲一口流利的英语，她介

绍说："出土位置就在金字塔南端。"

臧佳边看边听介绍道："太阳船发现于20世纪中叶，是考古学家卡迈尔先生首先发现的。后来，文物修复专家艾哈迈德在没有任何图纸、绘画和文字资料可循的情况下，历经10多年才恢复了太阳船昔日的雄姿。"

说着，爱拉拿出一张复原的太阳船图片说："这艘船不仅是陪葬品，还是第五代王朝法老祭祀用的太阳船，埃及人用它把法老的遗体从尼罗河一直运到金字塔下。"

他们走上二楼天桥。一艘架在大厅中央的太阳船复制品展现在眼前，标牌上写着：船高7.5米，宽5.9米，全长43.5米。

臧佳发现，这艘船不仅甲板上有凉棚和舵舱，船头还刻有荷花，船尾画有花草。"这些图案是法老时代埃及统一的标志。"爱拉女士说："从造船技术角度看，太阳船达到了较高的水平：狭长呈流线型的船体和扁薄成刀刃的船底，让太阳船利于破浪又减少航行阻力；船上装有的十把木桨，摇起为太阳船提供动力；船尾两把直插入水的木桨，则和船舵有相似的功能。"

这时，臧佳惊奇地发现，庞大的太阳船的船板上没有一颗铁钉，各部分全靠股股棕麻绳捆绑在一起。

"4000年前没有铁钉。现在看来船似乎有些简陋。"爱拉女士说。

一直沉默的薛靳船长开了口："这是划时代的创举，显示了古埃及人的智慧。"

说话间，一支电视摄影组来到博物馆，走在前面的是位双鬓斑白的老者。

爱拉介绍说，长者正是太阳船的发现者卡迈尔先生。

听完爱拉的引荐，卡迈尔高兴地说："欢迎来自中国的朋友。最近看了中国的纪录片《西汉马王堆汉墓汉古尸》很受启发。中国和埃及都是历史悠久的文明古国，两国文化是人类文明中的明珠。"

臧佳听说摄影组是专程来拍摄《太阳船》纪录片的，十分高兴。征得博物馆方面同意后，臧佳拿出随身携带的相机，跟着摄制组跑前跑后，拍个不停。

薛靳船长乘机将痴迷船模的臧佳介绍给考古学家卡迈尔。卡迈尔说："唐代之后，中国海船已能进出红海港口。有些中国商队从红海登陆后，靠骆驼将货物送到尼罗河上游的阿斯旺港。埃及船队会帮助中国商人把货物运往地中海，向欧洲出口。当时中国船队已成规模，中埃两国的海上商贸活动也越来越频繁。在拍摄纪录片时，要把这段历史加进去。"

接着，卡迈尔拿过臧佳的照相机笑着说："拍了这么多。来我家吧，有好东西送给你。"原来，卡迈尔的礼物是一本画册。画册上面一张张中国古代航船模型照片让臧佳兴奋不已，如今，里面许多船模已成了臧佳船模馆的展品。

离开太阳船博物馆，太阳已落山，望着余晖中的金字塔，臧佳想着太阳船，由衷赞叹：古代航海人的智慧也如太阳一般金光熠熠。

天下第一巧匠

清朝年间，江南无锡一家望族门前张灯结彩，鞭炮齐放，锣鼓喧天。一块由朝廷所赐的"天下第一巧匠"的匾额，在众人簇拥下被抬到门楼前，人们正准备把御匾挂上门楼。

忽然，门楼里奔出一位身着长袍马褂的中年男子，连连作揖喊道："诸位，且慢！"他以修缮门楼为由，将御匾抬进院内。

这位中年男子，就是中国首艘蒸汽船"黄鹄"轮的主要研制者徐寿。

朝廷亲赐御匾是家族无上的荣光，是求之不得的恩典，徐寿却没有将它悬挂在门楼，这引起人们的好奇。

五年前的一天，一匹快马奔到徐府门前，衙役翻身下马直奔大堂，高声叫道："恭喜大人，幸中大标！"

原来，远在安徽省安庆军械所的洋务首领曾国藩，正招揽制造枪械和轮船的人才，江南名匠徐寿和其子徐建寅双双被选中。

此时，正值鸦片战争尾声，清廷割地赔款，激怒了众多有识之士。看到自己国家的刀枪剑戟远逊于洋枪洋炮，中国的有识之士期盼发展制造业，建造自己的舰船大炮，走富国强兵之路。

徐寿和其子徐建寅匆匆赶往安徽安庆。经过几百个日日夜夜的艰苦奋斗，一艘木制小轮船终于问世，这便是中国航海史上著名的"安庆小火轮"。

试航那天，沿江两岸人声鼎沸、彩带飞舞，曾国藩亲自主持轮船下水仪式。

曾国藩在《新造轮船折》中写道："同治元二年间，驻扎安庆，设局试造洋器，全用汉人，未雇洋匠。虽造成一小轮船，而行驶迟钝，不甚得法。"这艘船是中国人自己造的轮船。

事隔不久，军械所由安庆迁至南京。曾国藩下令不惜一切代价继续制造轮船。终于，1865 年，中国自行研制的第一艘蒸汽机轮船"黄鹄"轮试航成功。

"黄鹄"轮惊动了西方，国人亦是一片惊叹，朝廷还赐徐寿一块写有"天下第一巧匠"的匾额。

"黄鹄"轮试航那天，长江两岸人头攒动、汽笛声声。本来兴致很高的徐寿父子，望着长江口的轮船心里不是滋味：轮船在西方已经穿梭几十年，清廷还闭关自守，自称天下第一，岂不遭人耻笑？

徐寿不喜欢这个"天下第一巧匠"的名号，因此从未悬挂御匾。

无论如何，"黄鹄"轮的问世开辟了中国造船史上的新纪元，是中国造船业从帆船时代进入蒸汽时代的转折点。

"黄鹄"轮下水第二年，徐寿父子奉调江南制造局参与创办事宜，主持技术工作。

徐寿父子不负众望，先后参与设计制造了我国第一批兵船"操江"号等，无论大小、吨位还是船速都有提高，赢得世人瞩目。

1879年，徐建寅作为清朝特使，赴欧洲英法德等国进行铁甲船的考察调研，订制、监造了"定远"和"镇远"两艘铁甲兵舰。

"镇远"和"定远"舰实力居于世界前列，是当时远东最大的军舰，被誉为"亚洲第一巨舰"，一时间成为当时各国海军造舰时效仿的对象，是真正的"天下第一"。

神灯的传说

入夜，"霞光"号出了海港朝大海深处驶去。远处的灯塔闪烁着光芒，忽闪忽闪好看极了。

前面出现一座小岛，像顶帽子"浮"在海面。岛上的灯光越来越亮，最后耸立山顶的灯塔轮廓也清晰起来。

"前面的岛是什么岛？"船员李大伟问。

"神灯岛。来来来，我给你讲个神灯岛的传说吧。"杜凡爱看书，慢条斯理地给李大伟讲起来。

早先，海上没有灯塔，夜航的海船常常出事故。相传海中有座荒僻的岛屿叫鱼头屿。一年春汛，岛上渔霸逼渔民连夜出海捕鱼。海面漆黑，狂风呼啸，渔民们正在发愁，猛然间岛顶亮起一个白点，忽明忽暗地闪烁着。大伙奔到岛顶，见站在岛顶的哑孩说了话，说的什么话？他在控诉渔霸的恶行呢。

哑孩是个孤儿，靠拾海鲜过活。一天哑孩在海边岩洞里拾到一颗珠子，放到盛海鲜的坛子里。第二天，坛子里竟然多了许多白花花的银元宝。

渔霸得知，派人来抢。

哑孩掩藏不及，一口把珠子吞到肚子里。哑孩被带到渔霸家里。半夜，哑孩口渴难耐，逃到海边喝了一肚子海水，哑孩忽然能说话了，不仅如此，他的身体还一闪一闪有亮光，这是因为哑孩肚里的珠子遇到海水变成了夜明珠。

后来，哑孩不见了，岛上却亮起一盏永不熄灭的灯，灯光忽闪忽闪的。人们说，忽闪的灯光是哑孩在继续控诉渔霸呢，从此，鱼头屿改名为"神灯岛"。

"霞光号"渐渐靠近了神灯岛，李大伟看着岛顶的灯塔，天真地打趣："神灯，神灯，我要许个愿望。"

杜凡说："这可不是阿拉丁神灯。问你个严肃的问题，电力没普及的时候，如果想要增加灯光的亮度，该怎么办吗？"

李大伟摇了摇头。

"电力没普及的时候，只能用火作为光源。那些非常古老的灯塔，是用煤油灯作光源，需要灯塔负责人手动操作发条装置转动集中光线的透镜系统，如果你想增加亮度，就需要换上非常大的透镜。灯塔不断进化，才发展到现在的全自动化灯塔。"杜凡解释说。

"原来原始的灯塔和现在的灯塔相比差别这么大。"李大伟感慨地说。

　　"航海的历史是一步一步走出来的，哪有神灯岛的传说这么浪漫呢？"杜凡说。

　　渐渐地，"霞光"号驶离了神灯岛，在漫漫大海中越行越远。

"灰色幽灵"的"神奇密码"

罗伯特来到美国加州长滩市的当天，就住进了由"玛丽女王"号超级邮轮改建的"灰色幽灵"旅馆。

"玛丽女王"号是英国皇后级豪华邮轮。"二战"期间，"玛丽女王"号是当时盟军的大型运兵船，每次运送兵力达2万余人，可谓"海上巨无霸"，立下了赫赫战功。为隐蔽防身，"玛丽女王"号除配有多艘巡洋舰外，舰身被漆为灰色，游弋在大洋深处，被称为"灰色幽灵"。

"二战"结束后，退役的"灰色幽灵"被一位美国商人买来改成旅馆，很快成为南加州的热门旅游景点。不久之后，它又在电影中出镜，名声大噪。如今的"灰色幽灵"旅馆不仅有旅行社，还有博物馆、饭店等，吸引着来自世界各地的游客。

罗伯特是一位航海专栏作家，对"灰色幽灵"早有耳闻。最近听说"灰色幽灵"旅馆里有间密码舱，那个神奇密码至今无人破解。罗伯特很是好奇，特意从英国赶到美国加州。

不巧，密码舱的创建人老乔治因病住进了医院。

密码舱设在"灰色幽灵"甲板锚舱一侧的物料间内，门上有个奇怪的房号：1942102。

据介绍，乔治曾是"灰色幽灵"上的老兵，执意辟出这间密码舱。对于那张由800多个英文字母组成的密码纸——老人至今不肯披露真相，人们只知道它与"灰色幽灵"有重大关联。

罗伯特急忙赶到医院。由于乔治患老年痴呆症，几乎没有了记忆，罗伯特只好无奈地回到"灰色幽灵"旅馆。他经旅馆负责人同意，他打开了神秘的密码舱。

罗伯特在一个破旧的保险柜里找出了那张泛黄的密码纸——804个英文字母在上面密密麻麻地排列着。

罗伯特带着复制品赶回英国，走进了剑桥大学"二战"史研究中心，找到了伯明翰博士。

伯明翰博士是"二战"史专家，开始时对这神奇密码的破解也是一头雾水，当他发现字条上隐隐约约有"库拉索"三个字时，就隐约找到了一点头绪。

1942年10月2日。第二次世界大战正处在胶着状态。

"灰色幽灵"载有2万名盟军官兵，游弋在爱尔兰北部沿海。"灰色幽灵"多次躲过纳粹德国飞机和潜艇的追杀堵截，整个"二战"期间行程300多万公里，运送盟军80多万，是盟军重要的战舰。

德国军队不遗余力地要摧毁它，派大量潜艇飞机围追堵截。

除了为"灰色幽灵"全身涂满隐蔽色外，盟军还选派巡洋舰"库拉索"号护航。

"库拉索"号是艘老式轻型巡洋舰，排水量只有4000多吨。为保护"灰色幽灵"免遭纳粹飞机的轰炸袭击，盟军将其改装成防空巡洋舰，跟随"灰色幽灵"左右。

这天，"灰色幽灵"进入纳粹飞机潜艇频繁出现的"魔鬼"地域。为防不测，它以每小时50多千米的速度行驶"之"字形航线。不料，匆忙中，"灰色幽灵"驶进了护航巡洋舰"库拉索"的航道。此刻的"库拉索"也正以每小时40多千米的速度行驶。由于事发突然，两舰躲闪不及，发生了猛烈的碰撞……"灰色幽灵"像把利剑直劈"库拉索"左舷，"库拉索"像西瓜一样被切成两半。"库拉索"船长发现情况危急，下令官兵弃船逃生。初冬的大西洋海水冰冷，"库拉索"号的官兵在刺骨的海水里拼命挣扎。

"灰色幽灵"只受了轻伤，不影响航行。但是，"灰色幽灵"没有停下来对"库拉索"号落水者进行打捞救助，而是照原航向朝前快速行驶。

"库拉索"号402名官兵转眼间被大海吞噬。

事后，"灰色幽灵"船长这样解释：当时"灰色幽灵"也想停下来营救为自己护航的"库拉索"号，也完全有能力营救落水的官兵，但是，这是特殊时期，纳粹的潜艇和飞机随时会出现，一旦"灰色幽灵"遭到攻击，船上2万多名官兵将遭到灭顶之灾。在紧急关头，"库拉索"号400多名官兵和"灰色幽灵"上的2万多官兵相比，孰轻孰重？在当时只能作出保大弃小的决定。

最后，"灰色幽灵"把2万多名盟军官兵安全送上前线。

乔治老人是当年"灰色幽灵"的水兵，目睹了发生的一切，"库拉索"号上落水的官兵在水中挣扎的情景时时萦绕在他脑海里无法抹去。

当"灰色幽灵"被拖往加州改成旅馆时，乔治老人已经是耄耋老人。乔治不远万里来到美国加州，倾其所有，执意建立一间纪念舱，舱门号码正是"库拉索"号的殉难日：1942年10月2日。

之后，乔治老人花费了整整十年时间对400多名死难者的家属一一造访，写下了几十万字的笔记。

　　为了便于查找，乔治把400多名殉难者的名字首尾字母排成一张由800多个字母组成的密码表，默默记在心里。这个秘密无人知晓，直到乔治老人去世后才在他的日记里发现答案。

　　每当那个特殊的日子，乔治老人都会来到"密码舱"，拿出那张密码表，面向远方的大海，喃喃自语，怀念战友。

大白鲸与救生艇

这个故事发生在20世纪中叶的欧洲。《大白鲸》动画样片在大学首映，引起学生的质疑，这是汤姆森教授没有料到的。

《大白鲸》讲述了水手与白鲸的故事。一艘大型捕鲸船射中一头大白鲸，大白鲸逃脱中掀起巨浪，把瞭望台上的水手卷进了大海。慌乱中，人们把一只水桶抛给落水者。水手抱住这只水桶在海上漂泊了三天三夜，终于看到了一座孤岛。他奋力游去，到了岛上累晕了过去。当他醒来时，发现那头受伤的大白鲸躺在身边。望着奄奄一息的大白鲸，水手动了恻隐之心，在岛上为它采药熬汤，精心呵护，最终把痊愈的大白鲸放归大海。

情节简单而离奇。

学生称赞水手的善良，但对他依靠水桶在海上漂泊三天三夜表示怀疑。

面对较真的学子，汤姆森教授给他们出了一道测试题：能够帮助水手漂泊三天三夜的可能是什么？

答案五花八门，妙趣横生。一名叫杰克逊的学生的答案让汤姆森眼前一亮：棺材。

杰克逊是个高材生，还是学校航海协会的骨干成员，《鲁滨逊漂流记》《环球旅行记》《海盗大传》……他都熟读于心。

对于爱徒的答案，汤姆森心存疑问："杰克逊对待问题态度严谨，怎么会想起棺材？"

汤姆森准备找杰克逊谈谈。

凑巧，《大白鲸》导演卢米登门造访，汤姆森是影片的特约航海技术顾问。

听完汤姆森对电影的反馈意见，卢米连连点头："正为这事来找你。"两人一拍即合，准备一起去找杰克逊。

当时正值圣诞节前夜，北欧许多城市已经飘起雪花，学生开始堆雪人。

杰克逊的家离学校不远，是个依山傍海的小镇，在历史上是有名的捕鲸船集散地。随着禁捕鲸鱼行动的开展，小镇昔日风光不再，可在遗留的建筑上仍然可以窥视过去的繁荣。

积雪路滑，两人好不容易进入镇上。这时，一堆积雪挡住了去路，两人仔细辨认，发现一个形似棺材的雪雕出现在眼前。

圣诞节做雪雕是北欧人的习惯，但是如此形状的雪雕从未见过，是恶作剧吗？

正当两人疑惑不解时，路旁一幢房子里走出一位白胡子老人。听说两人是《大白鲸》剧组的人，老人便热情地将他们迎进屋里说："进屋喝杯咖啡吧！"

房子是座哥特式建筑，外面已经破旧不堪，里面却别有风景：家里有不少捕鲸的工具和图片。

没等主人介绍，卢米连声赞道："简直就是个捕鲸博物馆啊！"筹拍《大白鲸》时，卢米见过不少类似的博物馆。

主人似乎遇到了知音，滔滔不绝地讲起昔日小镇上的人捕鲸的历史，讲起祖辈海上漂泊的故事，并自豪地说："我的祖父曾是这里的村长，是捕鲸船队的首领。"

汤姆森没有言语，心里一直想着屋前那个棺雕。汤姆森虽从外地来到这所小镇的大学不久，但对这里的许多传说早有耳闻。

汤姆森问老人："屋前那个雪雕是您的杰作吗？"

老人没有直接回答，把他们带到二楼一间房间。房间空空荡荡，正面石墙上悬挂一张大幅画像，上面画着一位满脸胡须、肩背弓弩、手持大刀的长者，画像面前摆放着一具斑驳陈旧的棺材。

老人介绍说，画像上的长者是他的祖父，昔日镇上的捕鲸队的首领，名叫霍斯。100 多年前，霍斯带领捕鲸队的成员，在波涛滚滚的大海深处追猎鲸鱼，不料，风浪将一名水手卷进大海，人们赶快把水桶抛向水手。谁知，水桶很快灌满了水，水手连同木桶一起沉入大海。人们悲痛欲绝、悔恨莫及，在船上用上等木材为死者制作了一个空棺材置于船尾，以示对死者的深深悼念。

捕鲸船终于射中一只硕大的白鲸。凶猛的白鲸不甘受擒，转身猛向帆船游去，帆船被撞了个底朝天，船上水手连同捕鲸船一起落入大海，只有一个人抱住那个空棺材浮出水面活了命。

这个幸存者就是老人的祖父霍斯，时间正值圣诞节前夜。

霍斯死后，那个棺材作为唯一的祭品摆在像前，每当圣诞节前后，后人总会在屋前堆起棺雕作为纪念。

不久，这件事引起了一家知名造船厂的兴趣，专门派人前来考查。

1785年，英国人莱昂内尔·卢金设计出形似棺材的救生小船，也就是"船用救生艇"。从此，棺材型的船用救生艇相继问世，亮相在各类海船上，有一种说法是说"棺材"是救生艇的"祖先"。

汤姆逊和卢米听完这段故事，受益匪浅，但是又觉得，这只是口头传说，没有正式文字根据。正当踌躇之时，杰克逊打来电话。

对于这个传说，杰克逊从小就耳熟能详。为了证明确有其事，这几天杰克逊终日泡在图书馆里翻找资料，终于在《航海史录》里找到了依据。

老人家里那个斑驳陆离的棺材，最终被请进了当地博物馆的航海馆。

娃娃"黑匣子"

设备先进的"环太平洋"号货船无声无息地消失在风平浪静的大西洋，至今杳无音讯，这使船舶保险公司的总裁威尔逊焦急万分。研究人员经过分析，排除了海盗劫持和船舶碰撞的可能性。

就在此刻，搜寻现场传来消息：在"环太平洋"号沉没海域附近，搜寻人员找到一只漂浮的救生信号台，它有节奏地发着求救信号。有趣的是，信号台下绑着一个密封完好的塑料洋娃娃。人们猜测这就是"环太平洋"号的"黑匣子"。

轮船"黑匣子"远比飞机"黑匣子"历史久远。早在古帆船时代，航海人就利用盛粮食和盛水的桶或破损的船帆、桨板做"黑匣子"，把遇难的原因和遗嘱记在上面，然后抛到海里。随着无线电的问世、电讯求救技术的出现，让有关航海救助机构的海上救助能力大为提高，也为事后海上事故分析提供了便利。由于航海环境的特殊性和复杂性，连续记载海船情况成为不可缺少的一项内容，航海日志作为轮船的"黑匣子"，是分析海难的基础资料，已被列入海事法规。但是，海况千变万化，许多事故扑朔迷离，因此，各式各样的"黑匣子"就会对查找事故原因起举足轻重的作用。

人们小心翼翼地拆开密封完好的洋娃娃，里面的纸条清晰地写着"环太平洋"号沉没前船员的记录，从而揭开了"环太平洋"号沉没的真相。

"娃娃"里的纸条上写着以下内容：

一水理查德：3 月 21 日，我在奥克利港私自买了一个台灯，想在给妻子写信时照明用。

二副瑟曼：我看到理查德拿着台灯回船，说了句这个台灯底座轻，船晃时别让它倒下，但没干涉。

三副帕蒂：3 月 21 日下午船离港，我发现救生艇释放器有问题，就将救生艇绑在架子上。

二水戴维斯：离港检查时，发现水手屋的闭门器被撞坏了，我用铁丝将门绑牢。

二管轮安加尔：我检查消防设施时，发现水手区的消防栓锈蚀，心想还有几天就到码头了，到时再换。

船长麦凯姆：起航前，工作繁忙，没有看甲板部和拖机部的安全报告。

机匠丹尼尔：3 月 23 日，理查德和苏勒房间的消防探头连续报警。我和瓦尔特进去后未发现火苗，判定探头报警错误，拆除消防探头后交大管轮惠特曼，要求换新的。

大管轮惠特曼：我正忙着，说等一会儿给他们。

服务生惠特尼：3月23日13点，我到理查德房间找他，他不在，坐了一会，随手打开了他的台灯。

大副克姆普：3月23日13点半，我带着苏勒和理查德安全巡视，没有进苏勒和理查德房间，说了句："自己的房间，自己进去看。"

一水苏勒：我没有进房间，跟着克姆普走了。

机电长科恩：3月23日14点，我发现跳闸了。因为这里以前也过这种现象，没多想，就将闸合上了，没有查明原因。

三管轮马辛：我感到空气味道不对。先打电话到厨房问史诺和乌苏拉，证明没有问题，就让机舱打开通风阀。

大厨史诺：我接到马辛电话时，开玩笑说，我们这里有什么问题，你还不来帮我们做饭。

二厨乌苏拉：我也感到空气不好，但我觉得这里挺安全，就继续做饭。

机匠马波：我接到马辛电话，打开了通风阀。管事戴斯蒙召集所有不在岗的人到厨房帮忙做饭，晚上会餐。

电工荷尔因：晚上值班时，我跑进了餐厅。

字条最后记录着船长麦凯姆这样一段话：19点半时发现船上失火时，理查德和苏勒的房间已被烧穿。一切都糟糕透了。我们没有办法控制火情，而且火越烧越大，直到整艘船被大火吞没。我们每个人都犯了一点错误，但是却酿成船毁人亡的悲剧……

"环大西洋"号沉没的原因最终找到了，"黑匣子"

娃娃的出现却令人费解。

不久，船长的遗孀解开了这个谜题：船长的女儿从小喜欢洋娃娃，船长答应女儿在她十岁时送给她一个真正的芭比娃娃。

如今，这个娃娃"黑匣子"被摆放在环大西洋轮船公司的展示厅里：这是船长留给女儿的最后的礼物，也是对所有航海人的警告。

冰海夜航

小勇的叔叔方欣是一名船员，每次方欣回家，小勇都会缠着他，让他给自己讲海上的惊险故事。这次也不例外。

小勇拿起桌上的一张照片，问："叔叔，这是什么船？怎么船周围都是冰？"

方欣说："这是一种特别的工作船，叫破冰船。"

方欣见小勇有些疑惑不解，解释说："每到冬季来临，我国北方有些港口和海湾的海水会结冰，常影响轮船的航行。这时就要用特别的破冰船开路，为轮船开辟冰上航线。"

方欣对小勇说："我在这条船上工作过，还有段惊险的故事，你要不要听？"

经方欣一提，小勇才看到，破冰船的船头特别高、特别陡，像把开山的斧子。听到有惊险的故事，忙对方欣说："叔叔，快讲讲破冰船的故事吧。"

方欣坐下来，开始讲起"冰海夜航"的故事。

"那是十几年前的春节。秦皇岛附近海面迎来了大寒潮，气温骤降，整个渤海湾封冻。'冰海'号破冰船的船员们刚过完除夕，突然接到破冰指挥部的紧急命令：立即赶到芝罘岛附近海面抢救一艘被冰封住的货船'黑鲨'号。'冰海'号起锚出航了，刚出港，就下雪了。新雪盖旧冰，真是千里冰封，万里雪飘。"

"冰块不会把船碰坏吗？"望着照片上"冰海"号船头堆起的冰块，小勇担心地问。

"破冰船有个坚实的船身，船身钢板很厚。它的船头像把斧子，会把冰层劈开压碎。冰层较厚时怎么办呢？我们会通过给船首和船尾压水舱注水的方式来破冰，先把船首压水舱排空，船尾压水舱注满海水，船首会翘起，这时开大马力冲上冰面，然后排空船尾压水舱灌满船首压水舱，这样就可以依靠自身重量压碎冰面。"方欣解释说。

方欣继续讲："'冰海'号艰难地航行了一夜。第二天凌晨，天还没大亮，船长发现了求救的'黑鲨'号。'黑鲨'号像条精疲力竭的鲨鱼在闪亮的海面上停着。'冰海'号开足马力，朝'黑鲨'号冲去。距离越来越近。'黑鲨'号桅杆顶上悬挂的求救信号旗也看清楚了，站在船头的水手们屏住气，等待水手长发布撒缆绳的命令。'冰海'号距'黑鲨'号还有几十米远，我再也耐不住性子，没等水手长发布命令，挺身就要抛缆绳，就在这时……"

"叔叔，发生什么事了？"小勇不禁紧张起来。

"只听'哗啦'一声，船顶上的冰块落下来，水手长立即扑倒在我身上。"

小勇慌了，连忙问："水手长怎么样？"

"腿部受了伤。与此同时，'冰海'号停止不动了。船被厚厚的冰层顶住了，'冰海'号有被冰封在海里的危险。"

"那该怎么办呀？"小勇追问道。

"船长命令全速后退，霎时螺旋桨打碎的冰块飞溅起来。接着，船头像猛兽一样翘起，经过往复冲击，破冰成功。"

小勇想知道故事的结局，说："最后怎么样？"

"'冰海'号终于靠上了'黑鲨'号，他们得救了。我们给他们送上一碗碗姜汤，他们可感动了！"方欣骄傲地说。

小勇还没忘记水手长，问："水手长受伤了，他后来怎么样，叔叔你没挨批评吗？"

"经过一段时间的治疗，水手长痊愈了。我也进行了深刻的自我批评，下决心往后干事情不会慌手慌脚，统一行动。你要吸取叔叔的教训呀。"方欣说。

"知道了，我的好叔叔！"小勇说。

一张特别的婚纱照

在"潜水天堂"照张婚纱照是海员诸屹多年来的夙愿。终于，诸屹与新婚妻子莎莎来到了"潜水天堂"。

"潜水天堂"是指位于太平洋加罗林群岛的楚克岛。"二战"期间，美国的"冰雹行动"使驻扎在楚克岛的日本海军惨遭打击，无数航船顷刻葬身海底成了"鬼船"。如今，楚克岛已成为世界十大"潜水天堂"之一，它那清澈的海水、斑斓的珊瑚礁吸引了世界各地的游客。

诸屹和莎莎到达"潜水天堂"当天，照了张特别的婚纱照——身着轻潜装备的诸屹和披着白色婚纱的莎莎相拥在缤纷多彩的珊瑚丛中幸福合影。

取照片时，诸屹发现在珊瑚丛背后，隐约有船的影子。当地人告诉他们说，那很可能是被炸沉的日军的"鬼船"。

诸屹和莎莎准备将"鬼船"处理掉。但是，突然发生的一件事，不仅打消了他们这个念头，还使莎莎走上了一条独特的人生道路。

就在他们准备处理"鬼船"的当天，一位来自日本北海道的老妇人伊藤洋子看到了照片，执意要求与这艘"鬼船"合影，并说为此等了 50 年。

考虑到老人的身体状况，人们纷纷加以劝阻，劝她不要下水与'鬼船'合影。但是，听完老人的讲述，再

没有人阻止这位命运坎坷的老人。在众人的帮助下，老人顺利完成了与"鬼船"的合影。

老人的故事使诸屹和莎莎深受感动，莎莎决定到日本拜访伊藤洋子。

一年后，莎莎专程来到日本北海道。

不料，不久前老人去世了，那张老人与"鬼船"的合影还悬挂在屋中央。

望着照片，莎莎掩面而泣，不禁想起老人的心酸故事。

伊藤洋子出生于北海道一个贫苦的渔民家庭，是父母最疼爱的小女儿。

一天，父亲的渔船在海上遇到了风暴，万分危急中，一个名叫山本井上的小伙子救了父亲的命。

伊藤洋子和山本井上成了好朋友，随着年龄增长，他们相爱了。就在他俩谈婚论嫁准备拍结婚照的时候，"二战"的硝烟蔓延到了家乡。

山本井上被迫参军来到位于太平洋中部的楚克岛，从此杳无音讯。

不久，伊藤洋子被迫做了慰安妇转辗各地，时时挂念远方的心上人。

一天，一个噩耗使伊藤洋子当场昏厥过去：楚克岛惨遭美军袭击，日本几乎全军覆没。

山本井上阵亡了。

受尽凌辱的伊藤洋子欲哭无泪，几次自杀都被人救了过来。

多年以后，伊藤洋子参加了"反战联盟"，开始寻找山本井上的遗骨。

伊藤洋子千里迢迢来到楚克岛。成千上万的遗骨深深埋在海底无法寻找。当她看见诸屹和莎莎拍摄的婚纱照时，萌发了与"鬼船"合影的念头……

没料到，伊藤洋子这张与"鬼船"的合影在日本引起了强烈的反响，也遭到日本好战人士的挑衅。

伊藤洋子那间临海居住的老屋成了"纪念馆"，吸引了来自世界各地的声援者。

这样，学法律出身的莎莎在诸屹的支持下参加了法律援助机构，常年奔跑在各地，为成千上万个"洋子"伸张正义！

那张奇特的带有"鬼船"的婚纱照，成了诸屹和莎莎最有意义的照片，至今还挂家中。

海上寻"兔"记

海岩和宁镡同庚属兔，是航海学校的校友。一个偶然的机会，宁镡认识了住在小区的教授楚骥。

楚骥是远近闻名的"海洋迷"。他家里有个小型"海底世界"，里面汇集了各式各样的海洋动物，这些动物在水草中来回穿梭，令人眼花缭乱。

"海底世界"一隅有个特殊展橱——"海上十二生肖"柜，里面有脑袋与小狗相似的"海狗"、长着"犄角"的"海羊"、嘴巴扁扁长有"尾巴"的"海猴"、胖头胖脑眯着小眼的"海猪"、虎头虎脑的"海虎"，那条侧鳍酷似龙爪的"海龙"最为显眼，可谓活灵活现。

这条"海龙"可是海岩和宁镡海外的一次意外收获。

一次，海岩和宁镡随船来到澳大利亚悉尼港。

澳大利亚的大堡礁闻名世界。大堡礁海洋馆里的鱼数不胜数，令人目不暇接、惊叹不已。一条长尾巴、鱼鳍酷似龙爪的鱼引起海岩和宁镡的注意。倾身上所有，海岩和宁镡将这条鱼买到了。

楚骥教授建立"海上十二生肖"柜，缘于海岩和宁镡偶然的一次谈话。

这天，休假在家的宁镡约海岩来到楚骥教授的家。

"海底世界"里千奇百怪的海洋动物，深深吸引着海岩和宁镡。忽然，一条长着"犄角"的大鱼从水草丛中钻了出来。

"活像一头牛！"宁镡脱口而出。

"没错！"海岩定神一望，心有所思地说："如果能在海里集齐酷似'十二生肖'动物的海洋动物该多好！"

海岩这句说者无心听者有意的话，提醒了楚骥教授："这个想法妙极了！"

他们开始寻找海上"十二生肖"。

海岩和宁镡是海员，可以世界各地到处奔跑，为建立"海上十二生肖"柜立下了汗马功劳。功夫不负有心人。经过努力，"海上十二生肖"柜的海洋动物基本收集完毕，只有"海兔"没有着落。

楚骥教授告诉他们，这种长着两只长长耳朵的"海兔"，在5000米以下的深海里才能找到。教授建议他们先联系《世界潜水》杂志社看看。

他们走进了《世界潜水》杂志社。《世界潜水》杂志社里有许多潜水器的图片。一个"酒桶式"的潜水器吸引了海岩和宁镡。接待他们是位姓程的女编辑，听完

093 / The Story of Navigation

他们的来意，热情地向他们介绍道："这是历史上最早的'潜水器'。据说，第一个乘坐这个潜水器探索海底的是罗马皇帝。"

程编辑指着旁边墙上一幅类似"座钟"的潜水器图片说："这是金属潜水钟，是西班牙人威廉发明了它，上面附有一个供给空气的装置，能让人在海底停留较长时间。"

最后，他们来到一个钢铸的圆球形潜水器模型前。"直到 1900 年，带有玻璃罩的'钢盔'潜水器才问世。受海水压力的影响，潜水器只能下潜几百米。"

他们聊起寻找"海兔"的话题。

程编辑说，技术不断发展，深海潜水器相继亮相。但是，当今能潜入 6000 米以下的深海潜水器，只有美国的"阿尔文"号、俄罗斯的"和平"号、法国的"鹦鹉螺"号、日本的"深海 6500"号和中国的"蛟龙"号。

说到这里，程编辑有些激动："中国的'蛟龙'号在太平洋创造了目前世界上同类型潜水器的最高潜水纪录，还找到了深海'海兔'。"

出了杂志社，海岩和宁镡直奔海洋科考研究所。

海岩和宁镡找到了"蛟龙"号深潜器的主驾驶战积。战积不仅将在 5000 米以下深海拍摄的影像资料放给他们看，还把长着两只软软耳朵的模拟'海兔'标本送给了他们。

楚骥教授的"海上十二生肖"，终于在"兔"年全部收齐。

海上寻"兔"的历程就此结束。

舷窗花、"镶梦饼"和"三奇"王国

"赤脚水鬼"与"跑城"

"蜘蛛王"号在德国费伦斯堡改航埃塞俄比亚首府亚的斯亚贝巴的消息,使"赤脚水鬼"贝加勒异常兴奋。

贝加勒是个浑身是劲的埃塞俄比亚小伙,水性极好。

一次,船在港内进行航修,舷外作业的水手不慎将一把贵重的修船工具掉落海里。此处水深数十米,水流湍急。贝加勒毫不犹豫,立刻扎进水里,足足有十几分钟不见踪影。正当人们焦急万分之时,贝加勒忽地从水中冒了出来,手中举着修船工具,摇头晃脑地说:"'水鬼'探险回来啦!"

从此,"水鬼"的外号就在船上传开了。由于贝加勒平时喜欢赤脚走路,"赤脚水鬼"成了贝加勒的代名词。

从"蜘蛛王"号离开德国费伦斯堡开始,"赤脚水鬼"整天扳着指头算日子,悄悄地对伙伴们说:"船到港时正好赶上'跑步节'。"

贝科吉小镇，这个在地图上都不好找的小镇，因从这儿走出了无数长跑健将而声名鹊起，是世界上奥运会金牌产量最高、密度最大的地方。

果然，"蜘蛛王"号来到亚的斯亚贝巴的第二天，"跑步节"就开始了，整个城市的大街小巷都拥满了参加长跑活动的人：穿鞋的，赤脚的……整个城市的人沉浸在长跑热浪中。

贝加勒请了假，急匆匆地加入到长跑队伍中，直到傍晚才赶回船上，还带来埃塞俄比亚长跑冠军得主的教练助手。

"蜘蛛王"号船长爱德森是位体育迷，爱德森热情地将客人迎进船长室。

来人名叫德拉图，是贝加勒同乡，来自"跑城"贝科吉。

不久前，德拉图发现休假在家的贝加勒有长跑天赋，准备将他作为重点培养对象。他已找好接替贝加勒的水手。

"赤脚水鬼"突然离船的消息，在"蜘蛛王"号上激起一阵波澜。"赤脚水鬼"海底捞"宝"的一幕又出现在人们脑海中：超长的水性与长跑有关联吗？

德拉图给了人们一个圆满的答案。

贝科吉虽说是埃塞俄比亚一个人口不足20000人的贫瘠小镇，但有个得天独厚的先天优势——海拔。目前，世界长跑项目的世界纪录保持者，几乎都出生在海拔2000米以上的地区，贝科吉小镇的海拔接近3000米。

贝科吉小镇里几乎见不到汽车，人们放牧耕作，而运输全靠两条腿。奔跑是贝科吉人生活中不可缺少的部分。经历了几百年的风风雨雨，贝科吉人四肢细长，血液中红细胞极多。高海拔的奔跑，使人们能更充分地利用氧气，贝科吉人骨骼、肌肉和韧带组合十分合理，这些特殊条件使贝科吉人成了地球上最适合奔跑的人。

贝加勒超长的耐缺氧能力，使他能在海水中潜泳很长时间。

贝加勒离开"蜘蛛王"号时，船上开了欢送会。

不久之后，船员们收到贝加勒的短信，他已经入选埃塞俄比亚长跑队，不久将参加在北京举办的田径比赛。

船员们给贝加勒也发去了祝福短信："有空一定前往现场助威。加油，'赤脚水鬼'！"

水手鸡尾酒

冬至，船员马腾的生日。在家乡过生日时，"饺子酒"是少不了的。热腾腾的饺子就着老白干，"驱寒气，祝吉祥"。马腾望着舱壁上的日历出神，船上大厨兴致勃勃地闯了进来喊道："生日快乐！"

大厨是马腾的老乡，把马腾的生日记得清清楚楚，贴着马腾耳根悄声说："船长特批，今晚靠上码头，给你喝'特别酒'。"没等马腾追问，大厨扮个鬼脸溜走了。

远航多年，马腾喝过三次"特别酒"：赤道的"鬼酒"、荷兰的"黑酒"、日本的"清酒"。

喝赤道"鬼酒"，是船跨越赤道的时候。附近的居民扮成各类鬼神，涌上甲板，把各种油彩涂抹在船员脸上。随着激昂的鼓声，人们高歌狂舞，船上热闹非凡。

在一阵海螺号声中，扮成鬼神的居民手持各式各样的器皿，把用椰子汁酿制的"鬼酒"泼向涂满油彩的船员，美酒和油彩就会顺着脸颊流进嘴里……

马腾喝荷兰"黑酒"是在一个特殊的日子。

船靠在欧洲的鹿特丹港，船舶代理组织船员到荷兰首都阿姆斯特丹观光。参观这天，是女作家安妮·弗兰克的纪念日。安妮故居是运河旁一座极普通的建筑。"二战"期间，安妮一家为躲避德国军队在这里躲避两年之久。

人们边参观边喝荷兰"黑酒"（黑啤），故居前浓浓的酒香沁人心肺。怀着敬仰的心情，马腾加入长长的纪念队伍……

在日本喝的"清酒"也让马腾印象深刻。

船舶供应商星野邀请船员到家做客。这天是日本的"十五夜"，也就是中国的中秋节。

餐桌上摆着一只硕大的酒瓶，已经十分陈旧，上面还有用日文写的标签。望着大家诧异的样子，主人说，这酒是他的"媒人"。

原来，十多年前，单身的星野在远航船上做水手。漂浮不定的海上生活，让他错过了许多喜结良缘的机会。一次酒后，他望着空荡的酒瓶突发奇想，把征婚启事塞进密封的酒瓶抛进大海会发生什么呢？这只漂流的酒瓶竟然真的为他"找"到了另一半——一位美丽善良的渔民姑娘。"十五夜"之夜，他们走进了婚姻的殿堂。每当"十五夜"，星野都会用清酒招待远来的船员兄弟……

今晚，船长说的"特殊酒"是什么呢？船长詹姆斯是位美国人，出身于酿酒世家。

晚餐时，餐厅里聚满了人。热腾腾的水饺已经端上餐桌。这时，船长拿着一瓶插着羽毛的酒走了进来："生日快乐！"

大厨接过酒瓶，斟满一大杯，举到马腾面前说；"这是船长给你准备的'特殊酒'。"马腾端起酒杯一饮而尽。

船长詹姆斯讲起了鸡尾酒的来历。据说，200多年前，一家用鸡尾羽毛作装饰的酒馆里来了几个水手买酒喝。当天酒馆的酒快卖光了。望着客人急迫的样子，一名叫弗拉纳根的女侍者，无奈将剩下的几种酒统统倒在大容器里，随手用根鸡尾毛搅匀，然后一杯杯端到客人面前。客人们品不出熟悉的酒味，纷纷询问女侍者。女侍者指着插在上面的鸡尾毛，随口答道："这是鸡尾酒！"水手们高兴地举起酒杯，高声喊道："鸡尾酒万岁！"

从此，"鸡尾酒"风靡世界各地，各种配方的"鸡尾酒"应运而生。由于最初是水手们最先喝的，所以人们称其为"水手鸡尾酒"。

喝着船长特别为自己准备的鸡尾酒，吃着家乡的饺子，马腾过了一个终生难忘的生日。

浮上水面的硬币

"蝾螈"号船长柯凡是个硬币收藏家。柯凡船长收藏的硬币五花八门："会唱歌"的硬币、拳赛后找回的硬币、月饼上的硬币……每枚硬币背后都有一个耐人寻味的故事。

柯凡船长这个爱好，缘于一次在国外港口发生的特殊事件。

一年初冬，柯凡来到南美一座美丽的港口。船舶代理行的阿里森先生是柯凡船长的老朋友。阿里森年轻帅气，对东方文化情有独钟，常常从船上拿些中国报刊阅读。

柯凡船长动员阿里森有机会到中国旅游，阿里森总是双手一摊，摇摇头，苦笑着说："缺钱。"柯凡船长知道，阿里森家乡生活消费较高，要攒下一笔钱不容易。

船抵达港口当天，阿里森像往常一样来到船上办理业务。柯凡船长因忙于船务无法脱身，拜托阿里森在商店代购几样东西。离船时，阿里森答应第二天早晨把东西送来。

可是，到第二天中午也没见到阿里森的身影，下午来送东西的却是一位面容憔悴带有泪痕的年轻女子。

这位女子是阿里森的妻子。

阿里森的妻子把物品和剩余几枚硬币放在桌上，喃喃地说："阿里森来不了啦！"说完后她便匆匆离去。

柯凡船长感到十分担心：难道阿里森出了什么事情？就在这时，船上一名水手送来一份当天的报纸。一个醒目的标题跃入柯凡的眼帘："替身演员阿里森坠楼遇难，生命垂危。"

柯凡船长急切地往下看：船舶代理行的阿里森先生面容酷似著名影星Y先生，被电影导演选中，代替Y先生从七楼楼顶纵身坠落，酬劳丰厚。不料，由于白天工作过于劳累，表演时精神恍惚，落地时安全气垫又忽然塌陷，阿里森不幸腰骨断裂，生命垂危。

柯凡船长含着泪水把找回的几枚硬币收好。每当看到这些硬币，柯凡船长都会想起阿里森。从那时起，柯凡船长开始收藏硬币。

一天，船来到非洲一个港口。柯凡船长利用船舶锚泊等待进港的余暇，打开了那个收藏硬币的盒子。这已是柯凡船长的老习惯。

这时，一位名叫艾斯里的黑人水手轻手轻脚来到柯凡船长面前说："船长，这里是我的老家，我要送你一枚非洲的硬币。"

艾斯里是位饱经沧桑的老水手，身上有许多疤痕。这里的人祖祖辈辈被称为"水面下的人"。在非洲，"水面下的人"是指船上水手和生火等做苦力的人。

船进港后，繁忙的船务使柯凡船长几乎忘记了艾斯里的承诺。

就在开航前一天，艾斯里带着妻子和儿子邀请柯凡船长下船观光。

他们来到了市中心的纪念广场。纪念广场是为纪念国家独立而建的，广场上除有一座白色纪念碑外还有一个十分别致的喷泉。

艾斯里介绍说，这是非洲著名的喷泉，国家独立后改名为"自由泉"。

说着，艾斯里盛满一杯泉水让柯凡船长品尝，然后从口袋里掏出一枚银光闪闪的硬币抛进水杯中。硬币在水中翻滚几下，居然浮出水面，稳稳地漂在上面。

艾斯里说，泉水中含有大量矿物质，这是世界上少有的能托起硬币的泉水。

艾斯里郑重地把这枚硬币送给柯凡船长作纪念。柯凡船长接过硬币，发现硬币上的花纹与众不同——硬币上刻铸着一个拳头。

此刻，柯凡船长望着曾被称作"水下面的人"的后代，更能明白这枚非洲"浮上水面"硬币的分量和意义了。

高人矮门行

魏巍在一次船上救生演习中受了轻伤，脑壳被舱门碰破了皮，缝了两针。船上的人都说可以理解，因为魏巍实在太高，这个一米九几的大高个，曾是航海学校篮球队的主力中锋。

魏巍碰矮门的经历可不止这一次。

一次，船停靠在荷兰阿姆斯特丹。

阿姆斯特丹的钻石加工闻名世界。据介绍，钻石的价值由四大因素决定：颜色、重量、净度和切工；其中，切工十分重要，有一家钻石厂竟突破了传统的 57 面创造出 121 面的璀璨钻石。阿姆斯特丹切割被钻石鉴赏家认定为"无瑕疵切割"的代名词。

船上大厨鲁蓟，是魏巍的老乡。他多次随船来到阿姆斯特丹，懂得不少钻石方面的知识，是船上公认的钻石鉴赏家。

在鲁蓟的支持下，魏巍准备买一枚钻戒送给未来的妻子。

鲁蓟陪同魏巍来到阿姆斯特丹运河旁的钻石加工厂。钻石加工厂十分普通，是座手工作坊，想购买钻石的人可免费参观选购。作坊里，各类钻石琳琅满目地摆在一座不大的展厅内，没有保安也没有巡警。

让魏巍称奇的是加工厂的厂门：低矮而窄小，与周边的高楼大厦十分不同。"高人"魏巍拼命"挤"了进去，鲁蓟边笑边说："别小看这门，里面可有深奥的学问。"

原来，这里古时以门的大小向房屋主人收取地租费、养护费等各种费用。因此，智慧的荷兰人将房门造得越来越窄小。人们说，看阿姆斯特丹建筑的屋门，就可以知道荷兰的历史……

"房门变小，大件家具怎么往家搬？"魏巍终于发话了。

"为解决大件家具进出的麻烦，"钻石鉴赏家鲁蓟有板有眼地说："房屋主人在屋顶安装了横梁和吊轮。大件物品不再走正门而走窗户。"

望着街边的旧式建筑，座座矮门大窗，魏巍笑说："荷兰人真聪明呀！"

魏巍不仅买了称心的钻戒，还学到不少知识，尽管过门时，受点委屈，还是觉得值："海员这职业苦了点，可见到的新鲜事真多！"

印度是佛教的发源地，孟买有座世界著名的佛学院——孟买佛学院。

鲁蓟和魏巍的"铁哥们"，印度籍水手卡拉姆是位虔诚的佛教徒，船到印度西海岸大港孟买，卡拉姆约鲁蓟和魏巍到佛学院拜佛，为即将出生的儿子祈福。

湊巧，佛学院的正门紧闭，只留了个又矮又窄的旁门。

魏巍犯愁了。

"佛教的哲学就在这个小门里面，特别在通向这个小门的过程中。"卡拉姆边说边双手合十，低头弯腰走了进去。鲁蓟也照着卡拉姆的样子走过小门。

听了卡拉姆两句不明不白的话，望着矮门，"高人"魏巍迟疑了。

卡拉姆和鲁蓟又走出矮门，对魏巍说："印度的庙宇和泰国一样，正门经常关闭，暂时留有小门，只有放下尊贵和体面的人、只有学会'弯腰、低头、侧身'的人才能进去；否则，只能被挡在院墙之外。"

卡拉姆告诉魏巍，印度有个家喻户晓的饭店，高耸云霄的大楼巍峨壮观，饭店的正门却是个极矮小的单扇门，进饭店的人需要弯腰侧身才能顺利通过。饭店的门框上写着几个大字："矮门进高人。"饭店里，进餐的人络绎不绝，生意火爆。

听完卡拉姆的讲述，魏巍不再犹豫，费了九牛二虎之力，终于"挤"进佛学院，虽然满头大汗却笑呵呵地说："受益匪浅。"

不久，船又来到泰国。正像卡拉姆所说，泰国的庙宇和佛学院的正门旁也都有一个矮小的侧门，正门经常关闭，前往朝拜的人都习惯低头弯腰从矮门通过。

这次，魏巍没有犹豫，直朝矮门奔去。不料，由于过于激动，虽然"挤"了进去，头上还是碰了个不大不小的包。

带铜钱的月饼

"船长，船影饭店送来一盒月饼。"

1980 年，中秋前夜，西雅图港。"星河"号船长唐撰收到一盒奇特的月饼：每个月饼上都有用铜钱镶嵌的"梦"字。

中秋期间来船上参观的侨胞很多，船上大厨在这时都会做上几个家乡菜招待侨胞。但是这次，由于船期紧张，船上备用食品有限，船长决定在当地采买一些。当地华人饭店都愿意全力支持，特别是船影饭店，老板愿意免费供应。

海员们见过许多华人开的饭店，它们的名字都有浓浓的乡情："江南春""天府鱼""福来顺""大红灯笼"……"船影"这个店名引起人们极大兴趣。

船长唐撰准备当面婉言谢绝船影饭店老板的好意，也想去了解一下这家饭店奇特名字的来历。

　　饭店在唐人街上。饭店门前的横匾上两个苍劲有力的汉字"船影"十分醒目。

　　饭店里的陈设具有深厚的中国特色，有古色古香的八仙桌、精巧玲珑的宫灯、古朴典雅的山水画、雕龙画凤的屏风等。

　　老板是位年逾花甲的老者，地地道道的华侨。老人热情地把唐撰船长迎进内室。内室墙上有幅身着长袍马褂的老者画像。老人告诉唐撰船长，画像上的老人是他的祖父，清朝时期一名船上厨工。

　　老人听完船长的来意，执意不收钱，经过再三商量才勉强同意收些成本费。

　　告辞前，唐撰船长问了店名的来历，老人深情地讲述了 60 多年前的往事。

　　那年，老人随父母和祖父来到美国。临行前，他们东拼西凑总算凑够了盘缠，经历了千辛万苦来在这里安顿下来。祖父临终前，把儿孙唤到身边，拿出一袋铜钱，嘱咐说这些钱他无法带回家乡，希望有朝一日能有人把这些铜钱带回去，捎给帮助过他们的乡亲，也带去他的祝福。几十年过去了，老人的父母也相继过世。这个愿望终未实现。

　　一天，总算盼来了祖国的轮船。不巧，老人的眼睛刚做了手术，眼前仅有实物模糊的影子。老人在儿孙的陪伴下，用手把船从头到尾摸了一遍。这时港方通知船方要提前开船了，老人站在码头上望着远去的船影久久不愿离去。

归来后，老人几天几夜都在念叨着家乡来的那条船，甚至梦里还在喃喃自语。儿孙们为了安抚老人，把饭店的名字改为"船影"，期盼祖国的轮船再来。

老人的讲述深深感动了唐撰船长。中秋之夜，唐撰船长把那块用铜钱镶有"梦"字的月饼放置在轮船餐厅的大台上，给船员们讲述了这个动人的故事……

深情舷窗花

第几次来到荷兰鹿特丹港，童瞳记不清了。荷兰人的风车、木鞋和郁金香堪称三大国宝。风车和木鞋别有风情，遍地盛开的郁金香使人流连忘返。

"亚历山大"号到达港口当天，船长对船上人员进行了适当的调整。船员童瞳的舱室来了一位金发碧眼的荷兰小伙，名叫吉米。送吉米上船的是他的新婚妻子，手里捧着一束鲜艳的郁金香。

开船时，吉米将郁金香端端正正地放在舷窗上，不时凑上去闻闻，眼里脉脉含情。

"这里面一定有故事。"童瞳心里想。

童瞳床头的舷窗上也有一盆花。这盆舷窗花叫"望乡花"，来自家乡。传说古时一位远航的僧人因恋乡情深，临时抓把家乡的泥土放在舷窗上，想家时就凑上去闻闻。

久而久之，泥土里竟然长出一株火红的小花，花朵总是朝着家乡的方向。一次，风暴把罗盘打坏了，人们按着花朵指引的方向回到了家乡。从此，人们把它叫作"望乡花"，种在家乡的土地上。远航的水手、过海的商旅等，离家时总忘不了带上几株"望乡花"。

童瞳真正认识"望乡花"是在一个外国的港口。

十多年前，童瞳随中国远洋船"大治"号来到日本横滨。当时，中国女排正与一支世界劲旅进行比赛，赛场的售票口挤满了人。童瞳好不容易挤到售票口，一支小手突然伸到他的面前，用汉语恳求代购两张票。原来是位带着深色眼镜的华侨小姑娘，身边还有位白发苍苍的老华侨，样子很疲惫，这是远道而来的祖孙俩。帮他们购完票，童瞳本想与他们聊聊，可惜比赛时间已到。

恰巧，两人的位置离童瞳的看台不远。比赛十分激烈，

小姑娘时而挥臂，时而呐喊，整场比赛中没有安静过。

比赛结束，中国女排获得胜利。祖孙俩来到女排中间。老人没有言语，默默地从旅行袋里捧出一盆火红的鲜花，花朵齐整整地朝着一个方向。

童瞳一眼认出来："望乡花"！

这时，老人告诉大家，他年近古稀，花是小孙女在家乡亲手种植的。说着他把花交给小孙女，小姑娘摘下眼镜轻轻地亲吻了一下，双手献给了女排队员们。人们惊奇地发现小姑娘原是一位双目失明的盲人，红扑扑的小脸上挂着两串晶莹的泪珠……回到船上，望着舷窗花，童瞳常想起那张红扑扑的小圆脸。

吉米来船已是十几天了，那盆舷窗花一直长得很好。船从低纬度朝高纬度航行，天气渐渐变冷，花朵开始慢慢地低下头。对此，吉米十分焦急。童瞳那盆舷窗花见到阳光的机会多些，他就把舷窗让给了吉米。吉米十分感动，终于讲述了他的舷窗花的故事。

几年前，与一位美丽的空姐邂逅恋爱了。正当他们准备完婚时，吉米查出患了重病。空姐对他不离不弃，依然想与他结婚。结婚那天她穿着婚纱，捧着鲜艳的郁金香来到病房，与吉米举行了婚礼。此后，吉米的妻子每天都捧着一束郁金香来到病房照顾吉米，病房里充满了浓郁的芳香。不久，吉米进行了手术，他重获健康。说到这里，吉米望着那束郁金香泪流满面。

听完吉米的讲述，童瞳想起一位海员作家的话："舷窗花寄托了海员深深思乡情、眷眷爱恋结。"

神奇的"海洋疗法"

船医李旭出生于中医世家，从小喜欢收集民间偏方。做了船医后，航遍全球，他随船问诊求医，积累了不少奇方异药，能治疗不少疑难杂症。

李旭心里总有个疙瘩，龚默船长的风湿关节炎在他治疗下未见成效。龚默船长是他的老上级，已在家病休多日。

最近听说龚默船长通过特殊疗法，不仅把关节炎治好了，还开始参加体育运动。

利用假期，李旭专程到龚船长家拜访，不巧，龚船长到体育馆健身去了。

在体育馆，李旭见到了驰骋在篮球场上的龚船长，跟几年前简直判若两人！

惊叹之余，李旭细致地记下龚船长海上"求医"的路线图。

不久以后，李旭休假期满随船远航。凑巧，船行路线与龚船长的"求医"路径十分吻合。经过10个多月的海上求医问药，李旭写下了《神奇的"海洋疗法"》一文。以下便是文章的部分内容。

赤道"雨疗"、澳洲"电疗"和欧洲"泥疗"是海员能享受的"海洋疗法"。

赤道海域天气炎热，变化无常，时常上一秒还骄阳当空，风平浪静，下一刻便狂风大作，暴雨如注。

这时，海员会不约而同地身穿短裤，光着脊梁在甲板上跳跃奔跑，尽享雨浴的凉爽舒适。在高温机舱工作、长满痱子的海员，此时用西瓜皮或海绵相互朝身上涂抹，然后让雨水尽情地浇淋，身上痱子很快消失。

相对于赤道"雨疗"，"电疗"的难度要大得多。

电鳐浑身灰黑，在头胸部的腹面两侧各有一个发电器官，可以在水中发电。澳大利亚附近海域电鳐密集，每当人们游进浴场时，电鳐就会大放其电，浴场游泳的人会感到周身麻木，如同进行"电疗"一般。据说曾有人用这种疗法医治风湿病和癫狂症，小有成效。澳洲一些海域专门开设了"电疗"浴场，慕名而来的人络绎不绝，特别是患有风湿病的更是求医心切，享受过"电疗"的人无不称赞电鳐"医术"高明。

欧洲的"泥疗"最有趣味。在欧洲许多地方，特别是罗马尼亚境内有许多沼泽和泥塘。那里泥塘的泥土中含有多种矿物质和草药成分。当地居民和旅游者常常赤身跳进泥塘，把黑色泥巴拼命往身上涂抹，然后在烈日下暴晒。泥巴里的矿物质和草药成分经过太阳的烘晒加温，会对皮肤病和风湿病患者有很大帮助。远航的海员见到这种泥巴，会径直脱掉衣服跳进泥塘，尽享"泥疗"带来的快乐。

狮城"海底舞龙"

龙年春节,"亚洲繁星"号来到"狮城"新加坡。吃过午饭,船长楚海带着休班的船员去看来自他家乡的"特别节目"。

楚船长来自杂技之乡——河北吴桥,出身舞龙世家,绰名"舞龙王子"。

他们来到了新加坡的唐人街——牛车水。此刻,牛车水已经披上节日盛装,数百盏龙形灯笼把整条大街装点得喜气洋洋。

据说,早在除夕前夜,新加坡总统就亲自在牛车水击鼓迎春,正式拉开了龙年春节的系列庆祝活动的序幕。

沿着一条小路,大家来到节日商品和风味小吃的聚集地,琳琅满目的节日吉祥物、种类繁多的风味小吃,使船员们流连忘返。

船员特别感兴趣的是"捞鱼生"。"捞鱼生"是一种小吃，就是用生鱼条配上各色蔬菜丝和水果丝再加上花生、腰果等干果，吃的时候，边用筷子搅拌食材并由下而上不断地"捞"，边大声呼喊："捞起，捞起，捞个风生水起，捞个元宝，捞个平安，捞个健康长寿！"

在节日礼物摊上，摆着各种古色古香的工艺品：字画、雕刻、木偶、佛龛、香烛……让人眼花缭乱，目不暇接。

大商场前，迎春接福的文艺表演，一个接一个，透着浓浓的节日味道。漂洋过海的船员们备觉亲切，仿佛回到了家乡，情不自禁地加入到文艺节目的表演中……

楚船长常随船来新加坡，是地道的"新加坡通"。

楚船长说，新加坡是华人移居较多的国家。至今，新加坡过年仍传承着中国古老的传统。

正说着，摊位前一位老奶奶送给旁边一个不相识的小姑娘一个"红包"。

楚船长介绍说，新加坡华人过年仍有拜年和发压岁钱的习俗，拜年时送的主要礼物是橘子——一个漂亮的小纸袋里装两个橘子，表示大吉大利。领压岁钱的都是小孩和未婚男女。红包分量很轻，通常只有几新元或十几新元，收红包的人并不介意也不攀比。给不相识的小孩送红包，是新加坡华人的心愿：祝所有儿童健康成长！

走出牛车水，已经满天星斗，人们急不可耐地要看"绝活"。为此，楚船长把他们带到海洋馆。

进入海洋馆，人们被眼前的一块巨大的玻璃幕墙深深吸引了。

"绝活儿就在这里表演。"楚船长说着，玻璃幕墙的红色帷幕徐徐拉开。透过那面硕大的玻璃墙，一个五彩斑斓的海底世界呈现在眼前，里面有五颜六色的珊瑚和一艘古老的沉船，还有成群的鱼儿在清澈的海水里自由遨游……

"龙！"观众一阵惊叫。只见水中忽地冒出一条威风凛凛的大龙，眼睛如铜铃般，金黄色的尾巴摆来摆去。

船员们连忙打开了照相机。只见海底"巨龙"一会儿上下翻滚，一会儿摇头摆尾，活灵活现。

见过陆上舞龙的船员个个瞪大了眼睛："'巨龙'怎能在海里飞舞？！"

正当人们望着"巨龙"出神，龙头龙尾忽然被甩开，冒出两个舞龙者，频频挥手朝观众致意。

站在一旁的楚船长连忙赶到玻璃幕墙前，举着双拳，拼命朝里面喊："好样的，梦想实现了！"

回到船上，楚船长揭开了海底舞龙的秘密。

原来在海底舞龙者中，有一位是楚船长幼时的小伙伴，梦想成为一名舞龙高手，不料，一次意外的车祸使他失去了一条腿，愿望变成泡影。

绝望中，一次残奥会的游泳比赛使他看到了希望：水中舞龙！从此，他开始了让梦想变为现实的刻苦训练。经过多年的磨炼，他终于成功了。在龙年春节之际，应新中文化友好协会的邀请，他特地赶到狮城，这才有了狮城"海底舞龙"的精彩表演。

悬挂"头颅骨"之谜

"埃尔塞德"号靠上菲律宾吕宋岛当天，新婚燕尔的菲律宾船员阿基诺休假完回到船上。菲律宾是个海员输出大国。阿基诺出生于吕宋岛山区巴纳韦，是正宗的伊富高人。巴纳韦风景秀丽、民风朴实，多数岛民仍过着部落生活。

一沓新婚照引起船员的极大兴趣。

照片除反映岛上绚丽的热带风光外，阿基诺与新婚妻子在一幢茅草屋前的留影格外引人注目：茅草屋的屋檐下，齐刷刷毫无遮拦地并排悬挂四颗人的头颅骨，让人感到毛骨悚然。

"这是四颗日本人的头颅骨。"阿基诺说，"事情发生在第二次世界大战期间。"

几年前，日本水手伊藤新一随船来到吕宋岛，利用空余时间，约几位朋友到巴纳韦山区游览。

巴纳韦有一个小村庄，那里的居民大多以狩猎为生，习惯把猎取的兽骨悬挂在屋外，以展示自己的狩猎本领和富足生活。他们迄今依旧沿袭这古老的风俗，将狩猎的战利品展示在屋外，用琳琅满目的各式兽骨兽皮装点山间的幢幢茅草屋，神奇又古怪。同时，土著居民也有保留祖先头颅骨的习惯，他们用彩布把祖先的头颅骨庄重地包好，珍放在屋内一隅。逢年过节，人们唱着山歌饮着土酒，把收藏的头颅骨供在屋前供祭祀朝拜。

"四颗日本人的头颅骨怎么会出现在偏远的菲律宾山区呢？"伊藤新一心里打着小鼓，难道在"二战"期间，四个入侵的日本人闯进这个世外桃源的深山野岭遭到当地土著人的灭杀，把头颅悬挂屋外以杀鸡儆猴吗？

伊藤新一想找阿基诺讨个说法。

由于开航在即，阿基诺休假归来工作繁忙，疑问在伊藤新一心里暂时"搁浅"了。

"埃尔赛德"号离开吕宋岛来到日本神户港，悬案终于解开。

船靠上码头，天刚破晓，一阵阵喧闹声从市区传来，原来反对"否定'二战'历史"的民众游行队伍已经涌上街头。

吃罢早餐，伊藤新一去敲夜班休息的阿基诺的房门。不料，人走屋空，直至中午阿基诺才兴致勃勃地从市区赶回来。

"太感人啦！"阿基诺竖起大拇指说："日本人民OK！"这句没头没脑的话，使伊藤新一立刻想起了四颗日本人的头颅骨。

阿基诺终于讲述了悬挂头颅骨之谜。

当年闯入巴纳韦山区的日本人是四个厌战的逃兵，他们对残酷的侵略战争极度不满。于是，当日军登上吕宋岛后，他们相约逃到偏远的巴纳韦山区，匿隐在这块净土上，帮助山民垦荒、耕作、建房修路，与土著居民建立了融洽的关系。"二战"结束后，四个日本人仍然留居在这里，直到突来的瘟疫夺取了他们的生命。

土著居民将他们的头颅骨悬挂在屋外，作为世世代代友好的纪念。"日本人民 OK"成了当地居民的口头禅。

伊藤新一了解了悬挂头颅之谜，和阿基诺也成了好朋友。

夜海千里惩凶记

"十五夜"是日本的中秋节。

日本堺市近郊一座普通的民舍前，人们正在举行"十五夜"的祭拜活动。

厅里的案桌上依次摆放着鲜果、点心、蔗糖……案桌的屏风后面悬挂的是已逝先祖的灵牌。

祭拜祖先的人一字排开，跪拜在灵牌前，合掌叩首，嘴里念念有词："感谢祖上的养育之恩。"

在已逝祖先灵牌的一隅，一块崭新的灵牌格外引人注目。逝者名叫丰臣幸村，是一名远洋货船的水手。丰臣幸村出生在海员世家，不久前在印度洋亚丁湾水域被海盗杀害。

事情发生在不久前，一家日本航运公司所属的远洋货船"富士"号在印度洋的亚丁湾附近遭遇了一小撮海盗的袭击。

事发时，海面风平浪静，夜色朦胧。海盗企图靠近货船爬上船舷。由于舷墙高耸，加上值班水手高压水枪的阻挠，海盗几度失败。

后来，穷凶极恶的海盗竟用火枪射杀了船上一名船员，他就是年过半百的丰臣幸村。

枪声激怒了货船上的其他船员。

周密的计划下，船长将主机关掉，将灯号熄灭。船上两艘橙色救生艇悄然离开船舷，绕过船首，将船尾一艘黑色小艇团团围住。经过一场激烈的搏斗，黑色小艇三人中的两人随小艇翻入大海，一个被"富士"号的水手抓获。

被捉海盗皮肤黝黑，麻衣赤足，嘴里还嚼着当地种植的味道苦涩的干草。

愤怒的船员不顾一切，用绳索把海盗紧紧捆绑起来，抛向大海。

"十五夜"前夜，"富士"号靠上了日本的堺市码头。丰臣幸村尸骨回归故里，而被抛入大海的海盗此刻几乎皮肉全无……

"海夜千里惩凶"引起国际海事组织的关注。

"抛海拖船"是古时最残酷的航海刑罚。除了"抛海拖船"，还有其他残酷的海上刑罚，最普通的"鞭笞"是对逃跑水手的惩罚。人们把光着上身的水手绑在小艇或桅杆上，用皮鞭轮番抽打，直把人打得血肉模糊为止。对说谎的水手，采用"擦舌"的惩罚，即说谎的水手要用砂纸摩擦自己的舌头，甚至口含船钉，连喊"说谎说谎"，直到满嘴鲜血为止。值班睡觉的水手，轻者当头泼上一桶冷水，重者将其衣裤灌满冷水，吊至桅顶，遇到寒冬数九，十有八九会命丧黄泉。这些还并非最恐怖、最残忍的刑罚。

残酷的航海刑罚早已被废止。这是受尽欺压的水手全力反抗、国际海事法规不断完善的结果。

如今，一些船只在抓到残害海员的恶徒时，仍然采用古老的航海刑罚，但是极少的案例，这种"以恶制恶"的方式是国际法规不允许的。

最后，丰臣幸村魂归故里。那名海盗则被安葬在一座临海的公墓，墓前竖起一座无字碑。

"麻将客"逛"慢城"

俗话说，海员足球迷用"箩筐数"。魏灿灿和绰号叫"麻将客"的谭彧就是"箩筐"里的两个球迷。

谭彧的绰号缘于船上一次娱乐活动。一年中秋，船正在大洋里漂泊，船长特意组织了一次海上猜谜活动。来自四川成都的谭彧出了一道谜语："马上吊（打一娱乐器具）"，难倒了全船人。

"麻将呀。"谭彧讲起谜底的由来。

明朝后期，一种名叫"马吊"的纸牌风靡一时。有一种说法是，士大夫们整天整夜地迷醉于打"马吊"，把正事都荒废了，明朝逐渐走向衰亡。明亡之后，清初诗人吴梅村写了《绥寇纪略》说，明亡于"马吊"。后来经史学家考证，"马吊"就是麻将的前身。

从此，谭彧就有了"麻将客"的绰号。

巴西举办的"世界杯"足球赛引起船上球迷的高度关注，听说比赛场馆工程进度远远落后于国际足联的时间表，急得足联官员团团转。

巴西人性情温和，办事慢慢悠悠，魏灿灿早有领教。

一次，船停靠在巴西圣保罗港，魏灿灿抽空去买了几件易碎的小纪念品。店主认真地把一件件小纪念品包装起来，里三层外三层把商品裹得严严实实，动作十分缓慢。魏灿灿有些等不及了，就提醒店主，包装可以马虎一点。店主却依旧不紧不慢："有什么好急的！"

巴西人的性子慢，出席社交活动时，迟到半小时或一小时是家常便饭，有时候船舶代理上船办事耽误了，只要说声路上太堵，巴西人总会一笑了之。

巴西人是"慢郎中"，可和意大利人相比可谓"小巫见大巫"。

意大利有座世界著名的"慢城"——奥尔维耶托，"麻将客"有位名叫邹弢的远方叔叔在那里做生意。

船抵达意大利米兰港，约好早餐后接魏灿灿他们去逛"慢城"的那位邹弢叔叔傍晚才慢腾腾来到船上，笑着说："慢生活已经习惯了。"

"慢城"离港口不远，位于翁布里亚一片高地上，四周环绕着城堡和葡萄园。

"这里没有麦当劳、星巴克等世人熟识的连锁快餐店。"邹弢大叔说："常住人口也只有几万人。"

果然，遍布大街小巷都是当地出品的美食和葡萄酒，没有连锁超市或快餐店。

临近傍晚，古色古香的小镇大道上，总能看到家长们护送着放学孩子的身影。邹弢大叔介绍说，在镇中心你几乎一辆汽车也看不到。人们的出行就靠脚，并把步行这种出行方式戏称"脚车"。"脚车"是这里唯一的"交通工具"。逢年过节，外来车辆统一停放在巨大的地下停车场内。

听着大叔的介绍，魏灿灿发现小镇异常宁静，除了远处山谷的风声和偶尔的鸡鸣，几乎听不到嘈杂的声音。"简直是世外桃源！"魏灿灿不禁赞叹道。

说着，他们来到镇中心的广场，三五成群的人，或站或坐，悠闲自得。

"麻将客"调侃说："这里的氛围跟家乡的茶楼差不多。"

"'慢城市运动'兴起于1999年，"邹弢大叔回忆说："正是我们来到这里做生意的第二年。如今，全球已有180多个慢城市。奥尔维耶托是这些'慢城'的标杆。"

他们在一座巨大的标牌前停下来。标杆上写着："慢城市运动就是不要自我毁灭，不要消耗优势、金钱和资源，而是要欣赏自我，感激当下所拥有的一切。"

邹弢大叔看完标牌说："'慢城市'需要符合几个条件——常住人口不超过五万、当地必须提倡有机种植、限制汽车使用、尽量少安广告牌和霓虹灯。"

说着，灿灿他们来到一座眼熟的店铺面前。招牌上一把大茶壶特别显眼，写着"龙传人茶楼"几个大字。

邹弢大叔笑着说："我把四川的大茶壶搬到这里了。"

这些年，意大利经济不够景气，奥尔维耶托小镇也未能幸免，失业率在不断上升。

当地有些人认为，没有规模的工业会阻碍经济的发展，跨国集团的进驻会提供更多的就业机会。更多人则认为小镇的传统工艺，如绘画和制陶，同样能对振兴经济起积极的作用，这与金钱无关，当地人需要的是一个安静的"慢生活"，所以外来的投资者多被拒之门外。

茶楼与"慢生活"有千丝万缕的关系。后来，龙传人茶楼也在"慢城"安营扎寨了。

"麻将客"笑着对邹弢大叔说："希望家乡成都成为这样的慢城市。"

邹弢用地道的四川话回答说："要得，要得！"

龙舟驶进"三奇"王国

位于北非的摩洛哥被海员们誉为"三奇"王国：柑橘奇、茶道奇、"中国热"奇。中国远洋货轮"龙舟"号来到摩洛哥的卡萨布兰卡时，正值当地的柑橘节，船舶代理阿里德特地带来两筐柑橘。

摩洛哥的柑橘闻名于世，柑橘品种繁多，大种小种、有核无核、有瓣无瓣应有尽有。有种柑橘最为珍贵，个大皮红，里面还包有一个小小的子橘。这里所有的柑橘都甘甜如饴，满口清香。

船长高煦回赠给阿里德两盒人参蜂王浆和几盒清凉油。

高船长告诉大家，上次来摩洛哥时送给阿里德的也是人参蜂王浆。阿里德将它送给了年逾七旬的老父亲，老父亲服后深感神清气爽、身轻体健。口口相传，一时人参蜂王浆名声大噪。关于清凉油，船长讲了一个有趣的故事。一次，"龙舟"轮在卡萨布兰卡卸货，一名码头工人因为中暑晕倒，抹了船上的清凉油后便觉脑清体爽，继续扛起了大包。从此清凉油在当地被奉为"神奇之药"，人们纷纷上船索要，走在大街上的船员常被人拦住，手指比划圆圈，又指着脑门示意要清凉油。

从此，人参蜂王浆和清凉油在摩洛哥掀起一股"中国热"。

傍晚，阿里德邀请高船长和船员到当地茶馆品茶。摩洛哥的茶馆，"三步一店，五步一馆"，不逊色于茶馆林立的成都。

阿里德说，摩洛哥人多数信奉伊斯兰教，不饮酒，茶是他们的日常饮品。摩洛哥所需的茶叶基本都来自中国。

说着，他们来到一家茶馆。走进茶馆的门庭，一把硕大的茶壶映入眼帘。茶壶是只铜制的长嘴大肚壶，足有一人多高。看到大家新奇的样子，阿里德特意让大家观赏用这个巨壶沏茶的过程。

一阵鼓乐声后，只见一位身着民族服装的茶艺小姐，背着用竹条编制的茶筐，登上特制的矮梯缓缓爬上茶壶的顶端。茶壶冒着沸水的白雾，不紧不慢的茶艺小姐将茶筐里的绿茶均匀放入壶中。紧接着，她又依次向壶内加入白糖和薄荷叶。不一会儿，清逸的茶香已溢满茶室，服务生陆续将碧清的茶水摆在人们面前。

阿里德告诉大家，在此处饮茶与国内一样，要一小口一小口细细品尝，切勿豪饮。

离开茶馆，船员们对船长说："这里弥漫着浓浓的中国味。"高船长说,中国船为摩洛哥承运茶叶有几十年历史,茶叶对摩洛哥人来说至关重要,"宁可三日不食,不可一日无茶",上至王室贵族,下至平民百姓都十分嗜茶。

走出茶馆,卡萨布兰卡已经华灯初上。

卡萨布兰卡的街心广场上人头攒动,热闹非凡,"柑橘节"的气氛达到高潮。

忽然,一群当地青年将晓勇几个船员团团围住,其中几个还跃跃欲试挥了几下拳。

阿里德笑着解释说:"不久前,这里放映了几部中国功夫片,中国武术风靡卡萨布兰卡。当地人觉得中国功夫妙不可言,以为每个中国人都会中国功夫,想让你们教他们几招。"

从小习武的水手晓勇当场比划了几招,博得了阵阵喝彩。

回到"龙舟"轮已近午夜,高煦仍无睡意,连夜写下《龙舟驶进"三奇"王国》。

宝马挂毯

一年春节，水手萧晓在伊朗的阿巴斯港买了一个织有宝马图案的挂毯，说是送给儿子的生日礼物。送儿子宝马挂毯？这引起船员们的好奇。萧晓神秘地说："这都归功于倪浩收藏的硬币。"

倪浩是船上的大厨，是有名的钱币收藏者，美元硬币、阿拉伯铜钱等，他收藏的每枚硬币都有一段动人的故事。

倪浩拿出一枚有马的图案的硬币，说："看完赛马会，谜底才能解开。"

"海神王子"号要从阿巴斯港开往澳门。船抵达澳门第二天，萧晓和倪浩相约来到澳门赛马场。

赛马场四周看台上热闹非凡。五匹赛马齐刷刷排列在赛场上。

人们开始投注。按规定，参加者对赛马逐一评估，然后投注，胜者即可得到相应奖金。参与者纷纷将"宝"

押在了3号赛马身上。3号赛马威武高大、气势汹汹，成了投注者的宠儿。但是，唯有倪浩和萧晓将赌注压在瘦小却四肢匀称的5号赛马上。

出乎大多数人的意料，5号赛马拔得头筹。

回船的路上，人们打开了话匣子："倪浩好眼力。"

倪浩拿出那枚有马的图案的硬币，讲了一段有关宝马的故事。

一次，倪浩去欧洲接船。飞机中途停靠土库曼斯坦。购买纪念品时，倪浩发现一枚有马的图案的硬币。那匹马英姿飒爽，倪浩十分喜爱。店主告诉他，这是土库曼斯坦的国宝——"汗血宝马"，即阿哈尔捷金马。

阿哈尔捷金马产于土库曼斯坦的绿洲地带，是当今世界最优秀的古老马种之一。"汗血宝马"外表英俊、体型匀称、四肢细长、耐力极强，适于长途跋涉和竞技赛马。

目前，"汗血宝马"总数不足3000匹，绝大多数在土库曼斯坦。在那里，"汗血宝马"被绘制在土库曼斯坦的国徽上。市场上"汗血宝马"十分昂贵，通常几百万元一匹。为满足市场需求，土库曼斯坦的特产挂毯上织有宝马图案。

说着，店主将一幅织有"宝马"图案的挂毯拿给倪浩，挂毯上的宝马体态匀称、神情威严。

"中国澳门赛马场上有时会有'汗血宝马'出现。"听说倪浩来自遥远的中国，店主用半生不熟的中国话说："我在澳门待过几年。"望着精美的挂毯，倪浩不禁问道："为什么叫'汗血宝马'？"店主说："'汗血宝马'的毛细而密，有一种说法是它在高速奔跑之后，少量红色血液从细小的毛孔中渗出；也有一种说法是马的皮肤较薄，奔跑时血压升高，看上去像流血，所以给它们起了个十分特殊的名字——'汗血宝马'。"

倪浩本想把有宝马图案的挂毯买起来，由于带钱不足，只把那枚有宝马图案的硬币小心收藏起来。

每当看到宝马硬币，倪浩就会想起宝马的故事。

这年春节，正值马年。萧晓的儿子属马，是本命年。倪浩拿出那枚宝马硬币，建议萧晓买件与"马"有关的纪念品。最后，他们选择了宝马的挂毯。

关于赛马会的投注，萧晓开诚布公地说："应当感谢倪浩，是倪浩事先透露了识别'汗血宝马'的秘诀。"

非洲"神肉"风波

"神州"号轮机长缪舟的表妹在老家开了家餐馆，专卖"非洲神肉"比尔通，一时顾客盈门，生意火爆。

比尔通起源于 17 世纪的南非，是用各类飞禽走兽的生肉浸泡果醋再加上大量香料晒干烘烤而成的。其外观十分粗糙，切开后却黑里透红、松嫩可口，还带有特殊的香味，是下酒的最佳食材。

这家餐馆在当地掀起一阵"非洲神肉"热，也引起人们注意，这是否违反《野生动物保护法》？

就在餐馆处境十分尴尬时，缪舟远航休假回到老家。

近几年，缪舟随"神州"号频繁来往于亚洲与非洲之间，不仅游览了非洲绮丽的风光，也饱尝了非洲的美食，还写下了多篇有关非洲的远航日记。

面对人们的质疑，缪舟兴致勃勃地拿出他的远航日记，《神秘的"非洲神肉"》这篇吸引了人们的眼球。

看完这篇日记，人们的疑问云消雾散。

为满足大家的好奇，缪舟的表妹将《神秘的"非洲神肉"》的打印稿悬挂在餐厅的正面墙上。

九月二十日　晴　微风

"神州"号又来到非洲。

非洲，广阔而神奇的大地。在许多人眼里，非洲是个尚未完全开发的地区，贫穷且混乱。当我踏上这块神奇的土地时，却惊叹于它的美丽富饶，惊叹于它的古怪美食。

比尔通的起源，与非洲的狩猎传统有关。在赤道几内亚、喀麦隆、肯尼亚等地，当地人以食用野味来彰显身份。蝙蝠在非洲到处可见。这种夜行动物在市场上颇受欢迎，由于数量多价格便宜，普通百姓也能吃蝙蝠肉。西非的尼日利亚人认为蝙蝠肉可以治疗不孕症。在非洲许多国家，淋着些芒果汁的烤蝙蝠是婚宴中不可缺少的一道菜。

此外，昆虫在非洲的餐桌上同样是美食。有些非洲人喜欢食用白蚁，其中带翅膀的品种为"上品"，既可生吃也可油炸，晒干后用盐干炒便为咸菜；如果把白蚁干与玉米粉混在一起蒸透淋上酱汁，便是地道的正餐。

虽然，非洲今非昔比，可在一些地区人们茹毛饮血的生食传统仍未断绝。在肯尼亚和坦桑尼亚的一些原始部落，当地人仍喝动物鲜血、吃生肉。

非洲人非常好客。在北非的苏丹，烤全羊是家常的宴客菜。羊肝是供贵宾享用的"特品"。他们取出刚宰杀的羊的肝脏，洗干净后直接切块蘸着特制的酱料食用。

在埃塞俄比亚，人们也爱吃生食，新宰杀的鲜牛肉里脊最受欢迎。连国宴上都有生牛肉这道菜。把牛肉切成丁，拌上特别的佐料，用当地特有的发酵薄饼"英吉托"裹着吃，这是地道的"国菜"。

在中国，也可以开一家比尔通餐馆，但食材选择上，一定要将被保护的动物排除在外。

缪舟的这篇远航日记，打消了人们的顾虑，比尔通餐馆更加火爆。

神奇的蛇庙

维吾尔族水手买买提已过而立之年，到了谈婚论嫁的年龄，众多亲朋好友登门造访，为他出谋划策。

一天，同船好友阚澎兴冲冲来找买买提，刚下船休假的买买提正在摆弄照相机。买买提是个摄影爱好者，随船在世界各地拍了许多照片。

"买买提，你走桃花运啦！"阚澎说着掏出一张女孩的照片说："人家就喜欢海员，但是有个条件。"

买买提接过照片问："什么条件？"照片中的女子，青春靓丽，还有一对浅浅的小酒窝，正是买买提的梦中情人。买买提迫不及待地说："快说说看！"

"有胆量，善良！"阚澎特别把"有胆量"三个字说得格外缓慢："这姑娘常说，海员是勇敢的化身。"

买买提的善良是有口皆碑的，至于"有胆量"就不好妄下结论。

阚澎见买买提一时语塞，打趣地说："对方想看看你的照片。"

两人开始在买买提的相册中"大海捞针"。

忽然，阚澎眼前一亮："就是这张！"

买买提一看："不行，太恐怖了。"

没等买买提同意，阚澎就拿着照片冲出了门说："你等我的好消息吧！"

果真，第二天傍晚，买买提的手机响了，传来喃喃柔语："买买提先生吗？晚上请你喝咖啡怎么样？我叫姜娜。"

这位正是阚澎介绍给买买提的女孩。

喜出望外的买买提如约来到咖啡厅，两人聊得很投机。聊天中，买买提得知姜娜的父亲也是一位海员，姜娜在海员医院工作。

姜娜拿出那张恐怖的照片，兴奋地说："我就喜欢这张照片。"

这是买买提一年前在马来西亚槟榔屿上与蛇一起照的相片：身穿海员制服的买买提，身上盘绕着七八条五彩缤纷的大蛇，神态自若地对着镜头微笑。

"这是我看到的最吸引人的照片。"姜娜说："能讲讲拍摄这张照片的经过吗？"

望着姜娜渴望的神态，买买提滔滔不绝地讲起槟榔屿上与蛇合影的故事。

位于东南亚的马来西亚是个群山环绕、丛林密布的岛国。马来西亚人多信教，岛上有众多庙宇，最著名的是槟榔屿上的蛇庙。

蛇庙与一般庙宇相比，没有特别之处，尖顶塔式建筑，终日熏烟缭绕，钟声不绝。但是，蛇庙有一个特别之处，殿堂外有着许多蛇。这些大大小小、花花绿绿的蛇，有的盘绕在殿堂的主柱上，有的席地而卧，有的侧悬在屋檐，形态各异，令人瞠目。

因为害怕这些蛇，初游者往往望而止步。其实，这些蛇并不可怕，它们性情较温和，并不伤人。

庙堂前的广场热闹非凡，一位赤膊大汉身上盘绕着五六条大蛇，在一架照相机前照相，神态自若，谈笑风生，毫无恐惧之感。旁边头戴花巾的老者抱着吉他，双目微闭，摇头摆脑地弹奏着曲子。悠扬的琴声使盘在大汉身上的蛇服服帖帖，地上的蛇却昂首挺胸，摇摆似舞。这是一位远道赶来的海员在与蛇合照。

让游客与蛇合照是当地居民为游客准备的特别"节目"。这些蛇的毒牙已被拔掉，所以照相的人无须担心被蛇咬。慕名而来的海员源源不断，纷纷"以身试照"。

据说，蛇庙原是一般庙宇，平时供当地人朝拜祭祀。一年雨季来到之前，庙殿内忽然爬出很多蛇，把贡品吃得一干二净，人们都说这些蛇是神佛"显灵"派来的弟子，从此蛇庙声名远播。其实，这是一次众蛇集体觅食行动，蛇在觅食后先后离开。当地居民为了招揽游客，特意捕了许多蛇放置在庙堂内外，还增加了与蛇合照活动。

一年前，一个偶然的机会，买买提随船来到马来西亚，专程来到蛇庙，留下这张有点恐怖的照片。

没想到，这张照片最终成全了买买提与姜娜的美好姻缘，一时传为佳话。

赶"洋集"

集市在国内几乎家喻户晓。美国也有集市？这对没有漂洋过海经历的人来说恐怕是个谜。

吕滨滨将不久前在美国中西部农业区艾奥瓦州集市的所见所闻重新"梳理"一遍，以飨读者。

8 月 12 日 晴 美国艾奥瓦州

"翔鹤"号靠上码头的第二天清晨，我们就开始逛美国的乡村大集市。

陪同的是集市管理员奥德曼老人，老人年近七旬，身着紫红色上衣，皮带扎着外边，面色红润，身板硬朗。

奥德曼老人兴致勃勃地说，这个集市古老且著名，至今已有百余年的历史了。

当我们经过一幢幢风格独特的房子时，奥德曼老人介绍说："这里是古老的牲畜展示厅，已经有 100 多年的历史。"

展示厅里声音嘈杂。奥德曼指着一头叫"太阳舞神"的牛说："大牛4岁了，是这里的'牛王'。饲养'牛王'的得维尔先生连续多年获得养牛冠军。"

得维尔是个中年汉子，皮带和衣服上面都印有"牛头"的图案。得维尔说："来这里不仅可以展示牛，还可以获得市场信息，美国农民已不是传统意义上的农民。"奥德曼自豪地说："更是深谙市场经络的人。"

听着奥德曼老人介绍，我觉得美国集市和中国集市有很大不同。美国人喜欢娱乐，集市不限于物资交易，人们更喜欢来这里参加各种活动。

奥德曼说："每年这里的州集市都有一个主题。去年集市主题是'退休军人'，美国各地的退伍军人穿着军队制服，来这里表演。今年的主题是'太好玩啦'。"

这时，几十头披红戴绿的猪和牛纷纷登台亮相。一对低头甩尾的牛，角对角地搏斗着；成群的猪四蹄狂奔，互相追随……乐声响起，整个集市一片欢腾。

香气扑鼻的美式炸鸡、花样翻新的汉堡、冒着气泡的可乐……人们可以一边逛着集市，一边享用美食。

我们又来到手工艺品市场。这里的手工艺品琳琅满目，令人目不暇接。来自世界各地的工艺品摆满了长长的一条街，波斯地毯、埃及神龛、南非钻石，还有中国的泥人和刺绣……

美国的农民和世界农民一样，每年都会把自己的收获带到集市上展示。集市一年年变，人们对集市的热情永远不会变。

"酒鬼"与"赤道龙王"

"达利森"号正驶往赤道海域。这天,船长曹立接到船舶代理公司通知:正值赤道附近国"赤道龙王"节,一场在船舶上举办的过赤道仪式必不可少,希望船方给予配合。

曹船长见多识广,多次参加赤道活动,接到公司的通知,他不仅连说 OK,还特地让船上大厨准备了丰盛的菜肴。

过赤道仪式是项古老的活动,首次过赤道的海员必须接受"赤道龙王"的洗礼。"赤道洗礼"已经出现几百年了,那时航海不发达,人们扯蓬扬帆,漂洋过海,凶多吉少。过赤道时,老水手扮成"赤道龙王",用绳索把年轻水手从一舷抛下海,再从另一舷拉上来,说是到"赤道龙王"那里报到过了,今后在海上就不会遇到危险了。这是一种古老的活动,现在已完全不同。逢年过节，有些赤道附近的居民还会与船方共同举办赤道仪式。

　　船上大厨贾臻高大敦实，有个大啤酒肚，被船长戏称"酒桶贾"。其实，贾臻平时滴酒不沾。贾臻首次过赤道，十分兴奋，不仅做了满桌佳肴，还特意打扮了一番。

　　中午时分，一艘五彩缤纷的小船靠上"达利森"号船舷，船长率领船员在甲板上列队欢迎。

　　贾臻和首次受洗礼的船员身着短裤，光着脊梁，毕恭毕敬地站在甲板上恭候"赤道龙王"洗礼。"赤道龙王"是一位老者装扮的。老者身披鱼皮，肩挂各色木制饰品，手持金色"龙杖"，威风凛凛，在一群脸上涂满各种油彩的"小鬼"的簇拥下登上甲板。

　　仪式开始，贾臻和伙伴们在一群手持钢叉和腰刀的"小鬼"注视下，依次被唤到"赤道龙王"面前，先由拿着碗口大小"听诊器"的"鬼医生"检查身体，接着把船上通风筒取下来放在甲板上，受洗礼者依次钻过去，这就完成了"脱胎换骨"；然后两名"小鬼"轮流朝每人头上涂一种涂料，完成"改头换面"；最后把成桶海水由头浇下，称作"冲洗灵魂"。

　　经过以上考验，受洗礼船员被重新唤到"赤道龙王"面前。"赤道龙王"正襟危坐，嘴里念念有词，正式宣布在"生死簿"上勾掉受洗礼者的名字，并根据每人的特征分别起诨名："沙丁鱼""月亮神""磁铁猫"……

　　轮到贾臻，"赤道龙王"朝贾臻上下打量一番，接着将鼻子凑到贾臻脸前，闻了闻，摇头摆尾地说："酒鬼！"

这引起人们一阵哄笑。

贾臻高兴之余，却满脸无辜，自己滴酒未沾，"龙王"竟给自己起了"酒鬼"的诨名，难道是自己"啤酒肚"造成的？

晚餐时，贾臻找到了船长。开始船长不以为然，笑着说："怕是'啤酒肚'惹的祸！"当闻到贾臻满嘴酒气时，说："你喝酒了吧。"贾臻拼命地摇头："我不喝酒，船长是知道的。"

当大家从贾臻嘴里闻到酒气时，就不再怀疑，大喊："贾臻一定喝酒了。"

大厨贾臻偷偷喝酒的消息很快传遍了全船，贾臻也开始怀疑这是不是"赤道龙王"的"魔法"。

不久，"达利森"号进船厂船修，贾臻来到医院检查，检查发现贾臻血液里酒精浓度达 0.37%。

贾臻惊呆了：自幼滴酒不沾的人，血液里怎么会有酒精？贾臻将这个结果告诉了船长，船长建议他到大医院进行一次全面彻底的检查。

医生终于找到原因：贾臻的肠道里有过多的酿酒酵母，只要摄入淀粉丰富的食物，特别是面包等，其中的糖分会在酵母作用下发酵自行生成酒精。

贪食面包的贾臻终于找到了原因。

贾臻告诉船长，他决定少吃面包，加强锻炼，减掉"啤酒肚"，有朝一日重返"达利森"号。曹船长对贾臻说："如果有机会再参加赤道洗礼，一定让'赤道龙王'给你重新起个诨名。"

约会海上"保险柜"

菲尔特出生在肯尼亚一个渔民家庭，是英国移民的后裔，在一艘远洋货船上当水手。菲尔特从小酷爱足球。一次海边沙滩足球比赛时，足球不慎飞落海中，恰巧被一头洄游的大白鲨吞食。几天后，捕鱼归来的父亲，从猎获的大白鲨肚子里取出那只完整无缺的足球。

这一时成为当地街头巷尾热议的新闻。

菲尔特父亲自己对这件事可并不感到惊奇，还讲了关于菲尔特爷爷的一个鲜为人知的故事。

那是 20 世纪初期，菲尔特爷爷在一艘英国兵舰上当水兵，兵舰在加勒比海赫坦岛附近，意外捕获一条鲨鱼。人们在鲨鱼胃里发现一本完好无缺的记事本，阅读后发现，记事本竟是英国情报部门苦苦寻找的珍贵资料——英国海域资料图。

原来，一艘被外国雇佣的海盗船专门偷盗这些珍贵的资料。在英国海军围剿中，慌忙逃跑的海盗船长把这些绝密资料抛进大海，妄图毁灭证据，恰巧被一头鲨鱼吞食。在铁的事实面前，海盗船长被处以绞刑。

这条吞吃绝密资料的鲨鱼，备受推崇，被称为"鲨鱼之王"。从此，鲨鱼有了海上"保险柜"的美誉，最终海上"保险柜"标本被保存在海洋博物馆。

从小听鲨鱼故事长大的菲尔特对钓鲨鱼情有独钟，是船上有名的钓鲨高手。

一次船停在赤道附近海域。在这里，鲨鱼常常结群而行。菲尔特钓上一条大鲨鱼。鲨鱼胃里储存着五花八门的东西：海龟、铁丝、衣物、公文包……还有仍然活蹦乱跳的鱼虾。

船员将鲨鱼肉做成了丰盛的"鱼肉宴"，将鱼骨制成别致的"鱼骨凳"，用鱼皮制"鱼乐器"。菲尔特把这种活动戏称约会海上"保险柜"。

从此，"约会"鲨鱼成了船员喜爱的海上娱乐活动。

一次，船泊在美国佛罗里达州附近海域，菲尔特准备约会海上"保险柜"时却遭到船长的极力反对。

因为几年前这里发生了这样一件事。1985年，圣诞节。佛罗里达州大学的女学生罗莎琳，约两名同学乘船游览马勒库岛风景区。返程路上，船舱突然进水，船体严重倾斜。罗莎琳穿上救生衣与两名同学一起爬上救生艇。救生艇里挤满了惊慌失措的人。小艇在风浪中剧烈地摇晃。

不幸，罗莎琳和两名同学被风浪卷到海里，他们拼命地朝陆地游去。风浪越来越大，罗莎琳已与同学被海浪冲散。海浪几乎淹没了罗莎琳，情况十分危急。

就在这时，一团黑色的物体朝罗莎琳冲过来。罗莎琳定睛一看，是条二三米长的大鲨鱼，锋利的牙齿闪着光芒。

罗莎琳知道自己遭遇了"杀人魔鬼"必死无疑，紧闭双眼等待噩运的到来。

但是，万万没想到，鲨鱼围着她的身体打转，丝毫没有伤害她的意图。

吓蒙了的罗莎琳顿时打起精神，任凭鲨鱼摆弄。突然，从她身旁又冒出一条鲨鱼。

两条鲨鱼像卫兵一左一右将她护在中间，伴她向远处的陆地游去，两条鲨鱼还不时轮流用头推着她前进。

暮色降临。一架搜救的直升机发现了罗莎琳，罗莎琳拼尽全身力气爬上救生绳梯。这时，一直守护在罗莎琳身边的两条大鲨鱼才游走……

罗莎琳因鲨鱼救助而幸免于难的故事感动了佛罗里达州的人们。在人们感动的同时，一项不成文的"严禁在此钓鲨鱼"的规定应运而生。

追梦者、"蟹壳"医和勇往直前的航海人

漂流瓶里的追梦者

弗莱克和两个儿子失踪的消息使"凯旋将军"号的船员好奇不已。"凯旋将军"号是艘往返亚洲和美国西雅图的班轮。西雅图船舶代理行的弗莱克是"凯旋将军"号的老代理。

据传，"凯旋将军"号抵达西雅图的前几周，弗莱克和两个在上高中的儿子突然不知去向。

"凯旋将军"号上的船长杜凡和弗莱克是老朋友。弗莱克为人和善热情，家庭幸福美满，杜凡不明白他们为什么会失踪。

原来，弗莱克做了一件使人出乎意料的事情。

事情是由一个奇异的海上漂流瓶引起的。弗莱克居住在一座海滨公寓里。一天傍晚，弗莱克突然在海边发现一个彩色的漂流瓶，漂流瓶里有张保存完好的呼救书，一位遇难的水手漂流到了一座荒岛上，恳请得到救助。

心地善良的弗兰克立刻报告了海事搜救部门。奇迹发生了，被困荒岛半年多的水手得救了。得救的水手将自己的亲身经历写下来，出版了一本《荒岛漂流记》，该书风靡美国。

弗莱克两个儿子坦纳和达尔林被《荒岛漂流记》深深打动了。两个年轻人跃跃欲试，期盼有朝一日来一次荒岛探险。儿子们的梦想打动了弗莱克。弗莱克向儿子们承诺，等时机成熟，一定带领他们去实现这个梦想。

为了应对可能遇到的恶劣生存条件，弗莱克带着两个儿子进行长跑锻炼，并学习潜水等野外生存技能，还让儿子们阅读了大量资料和书籍。

一切准备就绪，他们选中了昔日水手遇难的小岛——太平洋的毕格润荒岛为目的地。

在一个船公司的帮助下，他们登上了荒无人烟的毕格润小岛。

为了避开人们的视线，三人荒岛探险的行踪滴水未漏，弗莱克和两个儿子"失踪"了。

三张吊床，一把鱼叉，三套潜水装备，一把短柄小斧，一个放大镜，还有一台海水淡化机。临行前，妻子执意让弗莱克带上一部卫星电话。这是他们的全部家当。

最初，弗莱克父子三人砍了椰树搭成了防野兽的"围墙"，发动了海水淡化机制成所需的淡水。晚上，他们吃了椰肉，喝完椰汁，望了会儿满天星斗，就躺在吊床上睡熟了。他们白天用鱼叉捕鱼，用放大镜取火，享受最天然的烧烤大餐。午后，他们会在吊床上小憩，然后到树林里砍柴或在海里戏耍。

日子就这样往复着。不久，他们也发现日子并不好过，有时三人辛辛苦苦了一天也无法寻到所需的鱼虾和野果，只能抓些河边的小蟹充饥。

为了能填饱肚子，坦纳开始冒险进入水中寻找食物。一天，他用捕到的龙虾引诱大鱼靠近时，一条鲨鱼闯了过来。谢天谢地，坦纳一个猛子冲上岸，有惊无险。三人吃着从鲨鱼口中夺来的龙虾，感到格外鲜美。

荒岛天气酷热、阳光灼人，可有时暴雨会突然而至，如刀似钉。他们按照《荒岛漂流记》中介绍的做法，用椰壳做成头盔，用树叶编成蓑衣。海水淡化机坏了，他们就用椰汁坚持了两天两夜……

两周过去了，父子三人按照原来的计划安然无恙地回到了家乡。

提起这段奇特的荒岛经历，弗莱克拿出以前准备的漂流瓶，取出那张事先写好的"追梦者的自白书"。"自白书"最后写着：在人生的道路上，要勇敢地去实现自己的梦想。即使这个梦想山高路远、充满危险，甚至会遭遇绝境，都要顽强地坚持到最后。

杜凡将弗莱克和他两个儿子的这段离奇而感人的经历写成文章发表在《天下探险》杂志上，激励了许多有梦想的年轻人。

"算盘船长"和他的帽子

戈雅船长有个美名叫"算盘船长"。这个名字与戈雅船长的帽子有关。戈雅船长常年驾船来往于海盗频繁出没的索马里海域。一次，戈雅船长又来到这个不平静的海域。尽管事先做足了准备，船还是被狡猾的海盗劫持了。经过一番讨价还价，赎金敲定。可就在最后拍板瞬间，海盗忽然向戈雅索要货物清单。海盗翻遍了驾驶台和船长室，一无所获，只好作罢。

原来，船开航前，戈雅船长核查船舱货物时忽降小雨，情急之下，他把货物清单顺便放进帽子。不料这一紧急措施救了这条船。海盗如果看到船上的贵重物品，便会将赎金翻倍。

为此，戈雅船长还受到船公司的嘉奖。这件事引起戈雅船长的深思：与海盗周旋需要计谋和智慧。戈雅船长开始钻研海盗的历史和活动规律，成了海盗经济学专家，"算盘船长"的故事也在航海界传开了。

随着索马里海盗问题的升温，海盗经济学成了航海专家探讨的热门话题。不久前，国际海事组织特约戈雅船长撰写一篇专题文章，发表在《世界航海》杂志上。

剑雄来到"神狮勇士"号之前，就知晓"算盘船长"和帽子的故事。水手剑雄是远近有名的"海上故事大王"，他喜欢搜集海上奇闻轶事，所以，剑雄上船后特别注意戈雅船长那顶软沿礼帽。

戈雅船长是英国人，身材瘦小，貌不惊人，整天戴着他的礼帽。

想知道其中奥妙的剑雄，听说戈雅船长特喜松子酒，专门拎着松子酒前去讨教，结果遭到冷眼："开船不能喝酒！"

正当剑雄十分懊恼的时候，机会到了。"神狮勇士"号抵达法国马赛港当天，国际海事组织专家从瑞士赶来取经。戈雅船长终于从帽子里取出他的宝贝——一本密密麻麻写满文字和图示的小册子。

望着大伙不解的样子，戈雅船长作出详尽的解释。"算盘船长"把有关索马里海盗的形成、预防海盗的措施、与海盗周旋的策略、海盗赎金的来源和分摊等问题讲给大家听。剑雄在佩服"算盘船长"同时，也产生了疑问：既然索马里海域海盗如此猖獗，船长为什么选择走这条险路呢？

剑雄又拎着松子酒来到"算盘船长"的房间。剑雄求知心切，"算盘船长"斟满一杯酒，笑呵呵地讲给他听。

去往欧洲大陆的航路有两条：经索马里海域穿越苏伊士运河和绕道非洲好望角。第一条航线单程只需15小时左右，费用大约几十万美金。如果选择第二条航线，绕道非洲好望角，不仅要克服恶劣的海况，还要多跑近2万千米，成本高达百万美金。

"算盘船长"翻着帽子里的宝贝，继续说："虽然索马里海域海盗十分猖獗，经索马里穿越苏伊士运河的船只有增无减，除经济原因外，各国在此海域增加了护航舰船，海上保安公司的出现也让航行更有安全保障，每年被劫的船舶只占总数的很少一部分，其中大部分未被袭击。船舶一旦被劫持，船东会要求船舶保险公司偿付海盗的赎金。"

剑雄突然开口："船上人多力量大，船一旦被劫持就跟海盗拼啦！"

"算盘船长"望着剑雄说："海盗原则上不伤害船员，船员活着才能要赎金，一旦发生械斗，船员的生命安全很难保证。"

剑雄好像想起什么，说："听说不久前，美国海军的海豹突击队狙击手击毙了海盗，救出了'马士基亚拉卫'号的船长菲利普斯。"

"算盘船长"没有否认，说："这是特例，突击队对法国游艇'塔尼特'号的营救却让船长送了命。当人质被劫持后，船方采取强硬手段的成本往往大于不行动的成本。"

说到这里，餐厅里就餐铃响了。

　　"算盘船长"将手中的宝贝放进帽子里，剑雄乘势问了句："过海盗区，为什么一定要戴帽子？"船长诡异地笑了笑，没有回答。

　　后来，剑雄在国际海事专家那里得到答案，这顶帽子里的许多资料是"算盘船长"多年积累的，一旦船被海盗劫持，这帽子既是"保险柜"，也是与海盗讨价还价的底牌。

　　剑雄离开"神狮勇士"号休假时，特意戴着"算盘船长"的帽子，站在甲板上拍了一张纪念照。

"瘸腿船"新生记

一夜之间，"珊瑚号"轮机长洪智成了网络红人，《瘸腿船新生记》吸引了众多网民的眼球。

媒体记者蜂拥而至，问道："怎么会想起海鸥救'瘸腿船'？""还知不知道其他动物救船的故事？"……"长枪短炮"不断朝洪智袭来。

明天，洪智将参加航海学会组织的海上救助专题研讨会。"'瘸腿船'新生记"是研讨会的重头戏。面对记者的"狂轰滥炸"，长期在海上工作不善言谈的洪智有些招架不住，以明天参加会议为由逃出了记者的包围。

灯下，洪智翻开从图书馆借来的《海上救助奇异录》，想从中寻找些动物救船的资料和依据。突然，一个标题引起洪智的注意——"神鱼显威拯救难船"。

洪智迫不及待翻开书的这一页，上面写着：

1874年盛夏，一艘名叫"克鲁西达"号的英国多桅帆船载着200多名移民，从比斯开湾出发前往新西兰。不料，出航的第五天，船员发现船舱不断漏水。船员用抽水机拼命地朝外抽水。由于漏水严重，船开始倾斜。

这艘大型多桅帆船经历多次海难事故，又多次死里逃生，被称为"海上幸运儿"。这次"海上幸运儿"的获救机会十分渺茫。船长经过慎重考虑，决定立刻弃船逃生。乘客们纷纷爬上救生艇，船员集中在甲板上准备最后撤离。

就在这时，操纵抽水机的船员忽然发现涌水处陡然封闭。船员没多想，拼命将涌水全部排出……"克鲁西达"号终于脱离险境，平安抵达新西兰。漏船被拖上船坞，大家发现有条大黑鱼紧紧塞住了船底的漏水口。

无独有偶，时隔80多年后的深秋，一艘香港货船"东方明珠"号在印度洋搁浅漏水，在大家拼命抢救无望时，一条大鲨鱼堵住了漏水口，拯救了大轮船。人们把这条大鱼称为"神鱼"。

后来，专家作了科学分析：鱼有趋光性，船漏水口透出的灯光吸引了大量海鱼，贪食的大鱼追觅小鱼的过程中挤塞在漏水口，起了堵塞的作用。

洪智读完这段文字既惊喜又失落：惊喜是动物救船早有先例，失落是"瘸腿船"的情况与"神鱼救船"情况大不相同。

不过，为使明天的研讨会有圆满的结果，洪智对《"瘸腿船"新生记》的细节逐一进行修改。

第二天，研讨会上，《"瘸腿船"新生记》引起专家学者的好评和肯定。不久，经过修改和整理，《"瘸腿船"新生记》全文刊载《航海》杂志上。

事情发生在 1987 年 9 月 28 日，太平洋上。

一艘满载货物的中国远洋货船"珊瑚海"号，航行在太平洋海域，海上风平浪静。

年过半百的轮机长洪智在机舱巡视后，放心地回到住舱。这天是老伴的五十大寿，聚少离多的海上生活使洪智十分内疚。每当老伴生日，无论如何，总要打电话给老伴，这次远航还特意为老伴带了治疗慢性病的新药。

洪智屈指一算，还有十天的航程就会踏进国门，兴奋之余哼起了家乡的小调……就在此刻，船身一阵剧烈的震动使洪智差点摔倒。震动来自机舱。

洪智急忙奔到机舱，经过仔细排查，发现是主机转轮轴上的螺旋桨叶片断裂，四只叶片剩下三只，运转失去平衡，轮船成了"瘸腿船"。船长立刻向公司总部汇报，并向海域周边国家船厂发出了紧急求助电报。

"珊瑚海"号是艘老船，旧式的螺旋桨其他船早已不用，好不容易找到了一家类似配件的船厂，可路途遥远，远水救不了近渴。

这片海域水深涌急，若遭遇风暴全船人员凶多吉少。恰在这时，一个飓风预报火上浇油。

大伙焦急地聚集在餐厅。

这时，一群海鸥鸣叫着在船尾盘旋。海员们知道这是大风来临前的征兆。平时，海员们会拿出照相机拍照或冲向甲板撒些食物犒劳海上伙伴，此刻都没了心情。

就在大家沉默不语之时，一直没露面的轮机长洪智突然闯了进来："咱们船有救啦！"

原来，一直在甲板抽烟的洪智，望着盘旋在头顶的海鸥突发奇想：海鸥能平稳地在天空翱翔，靠两只翅膀平衡，如果将螺旋桨再去掉一只叶片，不就像海鸥双翅一样平衡了吗？

洪智边说边伸出双臂，学着海鸥飞翔的样子说："三只桨叶再割掉一只不就像海鸥的翅膀一样平衡了吗？"

顿时餐厅里热闹起来，有人想起儿时玩的纸飞机，有人忆起飞翔的风筝……洪智干脆用筷子和纸片做成了两叶的螺旋桨，拿在手里旋转不停。

洪智的设想得到了大多数船员的认同。洪智把这个大胆的想法报告给了公司总部。总部经过慎重的研究，

同意了这个权宜之计，并联系就近的船厂，委托他们派直升机送来水下电焊队。

水下切割工作进行得十分顺利。不久，"珊瑚海"号主机又轰隆隆高速旋转起来，船身不再剧烈震动。"珊瑚海"号赶在飓风前安全抵达目的地。

事后，人们笑称："是'天使'海鸥救了大船。"更多的人称赞洪智的智慧和想象力——"是轮机长救了'瘸腿船'"。

由此，洪智获得了当年海员工会颁发的"技术创新奖"和"金锚奖"。

"咆哮角"的"天皇巨星"

"环太平洋"号驶进昔日繁忙的南非开普敦，船上的人没想到这里寂静异常。

开普敦海岸的好望角风高浪急，有"咆哮角"之称。"环太平洋"号是开普敦的常客。

正当"环太平洋"号的船员百思不得其解时，代理行的纳赛尔先生来到船上，笑呵呵地说："人们都赶到独立广场迎接一位外来的歌手去了。"

望着船员们疑惑的样子，纳赛尔认真地说："他是我们非洲人心中的天皇巨星。"

南非人喜歌善舞，曾给"环太平洋"号的船员留下深刻的印象。"环太平洋"号第一次来到开普敦，正值南非的独立纪念日，人们高举着"国父"的画像载歌载舞，通宵达旦。他们的歌舞表演感染了所有在场的人，船上船员不由自主地加入了欢庆的队伍。

听到"天皇巨星"来了，"环太平洋"号的船员急忙赶到独立广场。独立广场人山人海，舞台中央，站着一位饱经沧桑的老人。老人挥舞着双手，在人们的欢叫和掌声中，引吭高歌，时而高昂，时而婉转。

旁边一位如痴如醉的"粉丝"告诉"环太平洋"号船员："希托·罗德尼斯，美国人。"

回到船上，纳赛尔讲述了希托·罗德尼斯的传奇人生。

罗德尼斯出生在美国底特律的贫民区，是位流浪歌手。一个偶然机会，唱片监制人发现了他，称他为"天才"歌手，并与他签订了合作协议，组织强大班底为他制作了首张个人专辑《自由之声》。

唱片公司满怀期待，以为唱片必将一鸣惊人，结果却令人大跌眼镜，唱片只售了寥寥几百张。接着唱片公司又为他制作了第二张专辑，销量更是惨不忍睹，唱片公司与罗德尼斯彻底解了约。从此，罗德尼斯仿佛从人间蒸发，没有了踪影。

机缘巧合，罗德尼斯的一张唱片被一名漂洋过海的南非水手带到了当年种族隔离的南非。歌曲中的反抗和斗争精神，滋润了无数南非人的心灵。

在南非，唱片狂卖了近50万张，创造了乐坛的奇迹。当地的南非人几乎都能哼出唱片中每一首歌，罗德尼斯成了南非人心目中的"天皇巨星"。

当时，由于南非较为封闭，远在大洋彼岸的美国人不知道自己一位销声匿迹的歌手在南非被奉为巨星。南非人也不知道，这位心中的"天皇巨星"在他的故土如此落魄潦倒。

　　一晃 20 多年过去了。一个偶然的机会，一名锲而不舍的南非水手漂洋过海，在美国终于找到了这位心中偶像。原来，罗德尼斯没有死，20 多年来到处打零工，以微薄的收入养活一家人。水手找到这位尚在人间的偶像，欣喜若狂，并邀请罗德尼斯到南非举行演唱会。罗德尼斯愉快地答应了。

　　罗德尼斯本以为演唱会只是在当地的酒吧举办，万万没有想到，刚下飞机他就被豪华轿车迎到南非最大的广场——独立广场。

　　此刻，独立广场挤满了乐迷，整个开普敦沸腾了！人们听着那熟悉的歌声热泪盈眶，这激昂的歌声曾伴随他们度过了最黑暗的岁月。

　　罗德尼斯演唱会轰动了整个非洲，人们称罗德尼斯为"咆哮角"的"天皇巨星"。

　　当人们问起那位锲而不舍的南非水手到底是谁时，答案使在场的人都大吃一惊："这是真的？"原来，那个曾经的水手就是人们熟悉的代理商纳赛尔先生。

老人与灯

《老人与海》是著名作家海明威的代表作，激励了几代人。老人与灯的故事引得航海人津津乐道，经久不衰。

17世纪末的一天，一位身穿制服的船长海员驾着马车疾驰在崎岖的乡间小路上，他要去参加一个人的葬礼。

驾车人赶到现场，墓碑前摆满了花圈，一盏忽明忽暗的蜡烛和一块暗灰色的铅块摆在墓碑前，十分醒目。

驾车人望着那块鹅蛋大小的铅块和那盏熠熠发光的蜡烛，眼噙泪水说道："我来晚了，安息吧，恩人。"

逝者是位耄耋老人，名叫汉瑞·豪尔，一个灯塔守护人，那铅块是从他胃里取出的……

事情要从那盏蜡烛说起。300多年前，康瓦耳是船舶从地中海进入英国必经的海上通道。这条航道曲折险峻，距通道不远有块危险的礁石——艾迪斯通礁石。

　　航海者希望有人能在这里设置灯塔，艾迪斯通礁石已经造成众多船沉人亡的悲剧。终于，一名叫艾斯坦利的英国企业家在海军大力支持下，于1698年在艾迪斯通礁石上建立了第一座灯塔。艾斯坦利亲自点燃了塔顶20支蜡烛。航海者望着灯塔，心里无限喜悦，凡经过这里的海员都会脱帽鸣笛致意。艾迪斯通灯光成了航海者心目中的保护神。

　　但是，好景不长，由于灯塔高度不够，海浪时常淹没塔顶，建造者艾斯坦利决定建一座更高的灯塔。

　　不幸的是，一场罕见的风暴袭击了康瓦尔，数百幢房屋、几十艘船被撞坏，近万名水手丧生……

　　风暴过后，艾迪斯通灯塔被冲走了，艾迪斯通礁石又成为航海者心中的魔鬼。

　　几年之后，一名叫拉维特的英国船长雇佣了一位做丝绸生意的卢迪尔德，建造了一座木制灯塔。

　　这座木制灯塔可与埃及法洛斯岛上的亚历山大灯塔媲美。铅铸的蜡台里燃着鲸油制成的蜡烛，熠熠发光。灯塔整整使用了40多年，这是世界上最耐用的灯塔。

　　灯塔点燃那天，人们选择了汉瑞·豪尔，一位身体健壮、充满活力的水手，做灯塔守护人。

　　一晃46年过去了，汉瑞·豪尔几十年如一日在这个灯塔里饱经风霜，为成百上千的船舶保驾护航。人们望见灯塔就会想起汉瑞·豪尔，汉瑞·豪尔成为了灯塔的代名词。

　　不幸，一天晚上，灯塔顶端起火。耄耋之年的汉瑞·豪

　　尔不顾一切与另一位守塔人奋力扑救，拼命泼水救火。不料，铅制的蜡台融化了，铅水滴进了汉瑞·豪尔的嗓子里……汉瑞·豪尔忍着剧痛坚持灭火。

　　烈火终于扑灭了，汉瑞·豪尔累倒在灯塔旁。

　　就在此刻，一艘即将通过航道的轮船拉响了汽笛。汉瑞·豪尔在笛声中惊醒，不顾一切爬起来，举起手中唯一的蜡烛为轮船照亮航路，船舶安全通过。

　　这是豪尔最后一次向船只发出安全信号。在他死后，人们从他胃里发现一块椭圆形的、重量超过150克的铅块。

　　这位身穿船长制服的驾车人，正是最后通过艾迪斯通礁石附近航道的船长，名叫哈里伯德。

　　站在墓前，哈里伯德无限感慨地说："航海是一件伟大的事业，为这伟大事业献身的不仅有航海者，还有那些确保航海安全的人们！"

孪生兄弟和"活救生圈"

哈里森·奥肯尼和哈里森·巴里罗是对双胞胎兄弟。他们出生在安哥拉一家贫苦的种蔗人家。母亲常年患病，家里负债累累，刚成年的兄弟俩先后上船做了水手。

几年过去了。兄弟俩各自在海上打拼，练就了一身航海技能，家境也渐渐好起来。

一天，一个不幸的消息突然传到兄弟俩的家乡——哥哥奥肯尼在一次海上风暴中遇难失踪。船公司派人送来抚恤金和唯一遗物——一条头巾。奥肯尼父母得知儿子遇难的噩耗后悲痛欲绝。他们用抚恤金还清了外债，还为奥肯尼建了座墓碑，碑上写着："大海的儿子，我们永远爱你。"

谁知，事情刚过去一个多月。奥肯尼奇迹般地出现在父母前面。奥肯尼望着惊恐万分的父母说："我是奥肯尼，您的儿子。"奥肯尼父母无法相信自己的眼睛，惊喜地问道："真是奥肯尼？"

奥肯尼讲述了事情的经过，他父母一下惊呆了，喊了起来："简直不可思议！"父亲连连在胸前划着十字说："这不是在做梦吧？"

听完奥肯尼离奇的海上经历，父母兴奋之余，那笔偿还外债的抚恤金成了一块心病。"这是一笔不小的数目啊！"母亲忧心忡忡地说。

奥肯尼安慰父母亲说："别担心，我外出挣钱偿还抚恤金，然后再向外界说明真相。"

父母亲点点头："去吧，孩子。"

由于奥肯尼兄弟长得太像，奥肯尼的出现没有引起邻里的怀疑。

奥肯尼隐名改姓外出打工。不久之后，奥肯尼在一艘特殊的船上做了水手。这是一艘专门训练海龟的实验船，椭圆形的船体涂着花花绿绿的颜色，四周游动着不少海龟，它们时而潜入海底，时而遨游海面，来往穿梭，井然有序，像支训练有序的水上杂技队。船上的水手不分昼夜地对海龟进行训练，十分劳累，许多年轻人都望而却步，纷纷离职。

奥肯尼很快与海龟建立了深厚的"友谊"，成了训练高手，偿还抚恤金的钱眼看要凑齐了。

可是，一天，船边忽然响起了警笛声，一队全副武装的海警上了船。一位警官手着照片，走到奥肯尼面前，上下打量一番，果断地说："就是他！"不由分说，海警就给奥肯尼带上了手铐。

面对突然出现的变故，奥肯尼有些措手不及，但是，很快平静下来，顺从地坐上警车。

奥肯尼被警方带走的消息，在船上引起轩然大波："多好的小伙，究竟犯了什么罪？"

一位船员悄悄告诉大家："昨天在街上看到一张通缉令的传单，上面有奥肯尼的照片。"

奥肯尼来到警察局，听完警方的陈述，一块石头落了地。原来弟弟巴里罗参与走私象牙，警方在四处通缉。

此刻，奥肯尼有口难辩：隐姓改名打工，死里逃生，偿还外债……这些一时无法说出。最后，奥肯尼还是讲述了他的离奇经历。警方听奥肯尼说完，连连摇头说："信口雌黄，世上哪有这种事情，完全是瞎编的。"

奥肯尼不得不求助于原船公司，公司对奥肯尼那段遇难后的离奇经历也无法作证，奥肯尼仍被羁押在警察局，沮丧到了极点。

就在这时，奥肯尼的弟弟巴里罗得知哥哥奥肯尼因为自己的错事被冤枉，深感内疚，主动向警方投案自首。

终于，奥肯尼那段离奇的海上经历大白于天下。半年前，奥肯尼所在的"顺风"号在海上遇到狂风恶浪。船上的人发现奥肯尼失踪了，各种迹象表明奥肯尼已被风浪卷进大海。

船员们失声痛哭，按照传统的海上习俗，为奥肯尼举行了隆重的海上葬礼。他们将成桶的陈酒抛向大海，吹响了号角，唱起了古老的哀歌……还把奥肯尼遗留的一块头巾悬在桅顶。

被风浪卷进大海的奥肯尼与风浪顽强搏斗几小时后，实在筋疲力尽，眼看要被大海吞噬。忽然，眼前漂来一个椭圆形的物体——一只硕大的海龟。求生欲望强烈的奥肯尼使尽最后的力气爬上龟甲，海龟像只训练有素的骏马朝岸边游去。

破晓前，一艘捕鱼船发现了奥肯尼，只见奥肯尼双手紧紧抓住龟甲边缘，像抓住一只大救生圈。

经过治疗，奥肯尼康复了。由于当地遭遇海啸的袭击，交通和通讯中断，奥肯尼暂时与外界失去了联系。

海龟救人的故事很快传遍航海界，由于海龟有救人的潜质，各国加大了对海龟的研究和训练。

人们这样评论奥肯尼："海龟拯救了一个真正的大海儿子。"

黄金船长

1984 年秋，夜幕刚刚降临。中国远洋货轮"友谊"号靠上了日本八幡码头。船长谷峥忽然发现距离船舷约 30 米处有个长方形纸箱，莫非是谁遗失的工具箱？虽然日本码头的管理一直井井有条，可也不排除这种可能。

这时，人们发现距"友谊"号大约几十米处有辆白色轿车，车里坐了一位吸烟斗的老人，在码头上十分显眼。

谷船长将老人请过来，老人围绕纸箱转一周："很抱歉，不是我的。"

此时，报务员对准纸箱用脚一踢，纸箱纹丝未动，显然很重。一直沉思的谷船长俯下身子，轻手轻脚地打开纸箱，在场的人都大吃一惊，谷船长马上去报了警。

原来，神秘的纸箱里装满了金块，总共 20 块，每块足有 1 斤重。

有人在码头上发现黄金的消息像长了翅膀，迅速传开了。媒体记者蜂拥而至，把这个码头围个风雨不透。

最后，纸箱被搬上警车，警长朝谷船长敬了个军礼："船长先生，听说这批黄金是日本人首先发现的？"警官把"首先"二字说得格外缓慢和清晰。

这明明是中国海员发现的，怎么半路杀出个"程咬金"？谷船长陷入沉思。

事有波澜，绝非偶然。

日本法律明文规定：拾物在三年内无人认领，将全部归首先发现者所有；如果有人认领，拾者也将得到20%的酬谢金。

谷船长将印有中国国徽的海员证递给警官，郑重地说："我是中国'友谊'号船长，这批黄金是我们三位中国海员首先发现的。"接着他详细地叙述了发现黄金的经过。

警官点了头："请船长和报务员到本厅陈述。"

谷船长与船上人员做了简单的交代后，与报务员坐上了汽车。

空旷的码头突然"飞"来一箱黄金，事有蹊跷。轰动日本的"垃圾巨款"案件，谷船长记忆犹新。几年前，谷船长驾船来到日本，当时日本大小报纸在显著位置登载一位日本工人的照片。这位日本工人在垃圾箱内捡到20亿日元的巨款，一夜之间成了日本新闻人物。从此，匿名信和恐吓电话接踵而来，这位日本工人终日生活在惶惶不安中。

难道今天的"码头黄金案"将成为第二个"垃圾巨款"案吗？

谷船长靠在车窗旁，像在海里遇到浓雾默默寻找航迹一样望着前方，心想，我是一位堂堂正正的中国船长，这批黄金的发现者，为什么有人冒充第一发现者，冒充者又是谁？

坐在谷船长旁边的报务员，脸上有些疲惫："那个冒充者究竟是谁？"

"会不会是电话亭里的两个日本人。"谷船长仿佛在浓雾中找到了航向，心想："我向警方报告前，只有这两个日本人知道纸箱内装满黄金。"

汽车在警视厅楼前停下，另一辆汽车里走出一高一矮两个日本人。船长一眼认出，他们正是他在电话亭里见到的两个日本人。

警视厅负责人把谷船长和报务员迎进大厅，两个日本人被带到隔壁一间大厅里。

在两间房间里，谷船长和报务员分别详述了发现黄金的经过，时间、地点、人物几乎出自同一人之口。

与此同时，在另外两个房间里，两个日本人的陈述驴头不对马嘴，漏洞百出。

原来，谷船长在电话亭里向警方报警时，身边未带外币。两个日本人得知后，"殷勤"地替他付了款，并提前拨通警视厅的电话。就在此时，两个日本人谎报了"军情"。事情终于大白于天下。

"友谊"号开航前，警视厅负责人亲自驾车来到船上，郑重地把一张"拾物领取单"递给了谷船长。谷船长接过"拾物领取单",一字一句地说:"经过商讨,无论这批黄金归属如何,我们决定,代表几百万中国海员和中国人民,把它捐给日本的慈善机构。"

　　事情已经过去多年。至今,日本人见到中国货船,还对"黄金船长"的故事津津乐道。

大厨 "甄能煮" 传奇

一天 "繁星" 号靠泊在加拿大的温哥华,当地电视台一档烹饪节目让欧阳船长想起一段往事。

十多年前,欧阳船长驾船来到泰国,受寒潮袭击,多数船员染上风寒。由于船上缺医少药,船上大厨甄辉无奈将船上仅有的几条鱼,用花椒、大料、姜和家乡带来的一包草药熬成一锅热气腾腾的鱼汤供船员食用。没想到,船员们的风寒真有所好转。

甄辉一发不可收拾,他用海鲜、禽珍、草药、山货等变着花样煲汤,成了远近闻名的 "甄能煮"。

不久以后,"甄能煮" 有了其他打算,他辞职远走他乡。临行前,甄辉特意煮了一锅靓汤款待全船兄弟,拱手说:"'甄能煮' 完全是意外收获,全靠船上兄弟捧场。"

听了甄辉的话,欧阳船长特意讲了意大利牛肉的故事。"二战"期间，意大利一艘巡洋舰在大西洋海域负责阻截盟军运输船队，常年漂泊海上。一年平安夜，在海上巡航多日的巡洋舰食品物料几乎消耗殆尽。恰巧，炊事兵在冷藏箱内意外发现一大块冻牛肉。欣喜若狂的炊事兵用传统烹饪办法，把牛肉放入锅内加热。这时才发现厨房淡水已经几乎耗尽，慌忙中把仅盛的一小桶啤酒倒进锅里救急。不料，啤酒烹调的牛肉不仅色泽鲜艳，而且肉质嫩滑、色味俱佳，水兵们吃后赞不绝口。这道海上"啤酒烧牛肉"的应急菜从海上传回陆地，成了一道名菜，因为它由意大利水兵在海上独创，所以被称为"海上意大利牛肉"。

甄辉明白欧阳船长讲这段故事的用意，连声说："我记住船长的教诲了，会把靓汤煮到世界各地。"临别时，欧阳船长特意写了八个字送给甄辉——煲汤煮鲜，贵在人志。

莫非这个"甄能煮"就是当年的大厨甄辉？据说甄辉几年前已移居加拿大，开了家中餐馆。欧阳船长抽空走进唐人街的"甄能煮"餐厅，餐厅老板正是甄辉。

可是不巧，甄辉去美国洛杉矶出差了。大堂经理听说欧阳船长与甄辉是老相识，连忙将欧阳船长迎进内室。内室一派东方风韵，正墙中心悬挂着欧阳船长曾送给甄辉的八个大字：煲汤煮鲜，贵在人志。

这时，欧阳船长嗅到一股浓浓的草药味。大堂经理见欧阳船长满脸诧异，连忙推开内室一间堆满草药的储物间。"与草药有关的故事，您还是听甄先生讲吧。"

大堂经理神秘地说。

"繁星"号开船前，甄辉从外地归来，急忙来到船上。谈起那段生死传奇，甄辉不禁泪流满面。

甄辉来到加拿大不久，餐馆生意日益红火。一天，甄辉忽然晕倒在地。经医生诊断，甄辉患上重病，无特效药物治疗了。回到餐馆的甄辉，望着墙上欧阳船长书写的八个大字，感慨万千，创业刚起步，竟遭如此大的打击！一直十分顽强的甄辉不禁瘫倒在地。这时，厨房飘来靓汤的鲜味，一阵中药的清香沁人心肺，甄辉猛然醒来。多年的煲汤煮鲜，每锅靓汤的配料火候，甄辉都了如指掌，多味草药均有通络生精、益气养血的功效，何不亲自一试，死马当活马医？甄辉每天都喝药汤，病情有了缓解。一年后，经医院检查，甄辉的重病竟然痊愈。

至今，"甄能煮"靓汤治愈重病的原因仍然是个谜。

欧洲大地上的中国歌声

阴差阳错，北漂的蒙古歌手滕勒尔登轮做了水手。问起缘故，爽快的滕勒尔说："海船能漂洋过海，我要把蒙古的歌唱遍全球！"没有料到，这句玩笑话几年后竟成了现实。

事情还得从会让售货机"唱歌"的硬币说起。在欧洲许多港口的街心公园，有许多样式各异的自动售货机，只要把一种硬币投入售货机，里面就会"吐"出果汁等，还会凑出优美动听的歌曲。会让售货机"唱歌"的硬币成了海员的好朋友，海员们去观光游览时总忘不了带上几枚。

一天"海韵"号又来到欧洲一个港口，滕勒尔约船上伙伴到市区的街心公园游览。滕勒尔边哼歌，边把一枚硬币投进售货机。不一会儿，一瓶饮料被"吐"出来，接着售货机里放了一首熟悉而动听的歌曲。"草原牧马谣！"滕勒尔情不自禁地跳了起来，喊道："天啊，这是真的吗？"

这是首滕勒尔平时最喜欢唱的蒙古民歌。听完这首歌，滕勒尔激动万分地说："我的愿望实现了！"

回船的路上，滕勒尔讲起了几年前的一段奇特经历。

几年前，滕勒尔来到这里的街心公园，不巧，正值公园修缮暂停开放。滕勒尔转到一个僻静小巷散步。

此刻，天近黄昏，不远处传来一阵悠扬动听的小提琴声。闻琴声，琴手是位拉琴高手。滕勒尔觅着琴声而去。琴声是从前方不远的地铁口传来的，滕勒尔匆匆走下地铁口。在昏暗的壁灯底下，一长发披肩的年轻人坐在那里。只见他左臂托着琴身，右手握着琴弓，双目微闭，陶醉地演奏着。

年轻人面前放着一块木牌和一顶帽子，帽子里放着许多小硬币。滕勒尔没有犹豫，将仅有的一枚硬币放进他的帽子里。歌手发现对方是位异乡人，望着放进帽子的硬币，从帽子里取出一枚小硬币放到滕勒尔手里，说："留作纪念吧！"这是一枚会让自动售货机"唱歌"的硬币。滕勒尔与对方畅谈音乐，兴致一起拿过对方的小提琴，拉起动听的《草原牧马谣》。悠扬的歌声使歌手十分兴奋，不由自主地用随身携带的录音机录了下来……

事情已过去多年，滕勒尔万万没有想到自己拉的这首曲子被收入到异国他乡的售货机的曲库里了。

"海韵"号离开港口前，滕勒尔终于得到了答案。

那位流浪歌手经过自己的刻苦拼搏，走上了舞台成为知名歌手。在他的倡议下，这首蒙古歌被加入到售货机歌曲库中。

　　每当看到会让售货机"唱歌"的硬币，滕勒尔都会想起那位使他佩服的歌手。

"海上球王"汉川

海员俱乐部的足球场上，一场足球友谊赛正在进行。一方是希腊"兰星"轮的海狮队，另一方是海员俱乐部的勇士队，战况激烈，难分高下。

俱乐部主厨肖昱是个足球迷，特意换班到现场观战。终场双方踢成平局。"兰星"号的主力后卫引起肖昱的注意，那个小伙子一头深棕色卷发，像团燃起的火满场飞奔，脚法娴熟，勇猛矫健，人们称他为"海上球王"。散场后，当肖昱问"海上球王"的名字时，小伙子用生硬的中国话，说："汉川。"这不是中国的一个地名吗？肖昱怔了一下，望着对方自言自语地说："汉川……"他好像想起什么，喃喃说了好几遍。由于时间匆忙，双方没有详谈。

这一夜，肖昱翻来覆去睡不着，拿出当年在希腊利海内斯港照的照片仔细端详着，25年前难忘的一幕呈现在眼前。25年前，年轻的肖昱来到中国远洋货船做实习厨工，这是一艘以中国地名"汉川"命名的远洋运输货船。这一年，"汉川"轮满载货物缓缓驶过苏伊士运河，迎接全体船员的是地中海呼啸的冬季风暴。

肖昱正要回舱休息，突然警铃响起。一艘希腊塞浦路斯货船"安琳娜斯霍普"号在风暴中请求支援。

海上救助是海员的责任，同时要承担巨大的风险，冬季的地中海风暴可与好望角的狂风恶浪相提并论。

显示屏显示，难船附近有七八条船均"擦肩"而过。经过简短的商讨，"汉川"轮决定调转航向，向"艾琳娜斯霍普"号驶去。

此刻，"艾琳娜斯霍普"号船身严重倾斜，船尾已淹没在水中，风暴声和呼救声响成了一片。

"汉川"轮渐渐靠近了难船。这时，狂风夹着雪花朝甲板猛扑过来，打得人睁不开眼睛，船身剧烈地摇摆着，肖昱和水手们坚持在甲板待命。

船长凭着多年与风浪搏斗的经验，利用风浪的"空当"到达难船所在地。这时难船的船员已经登上救生艇，随波疯狂地颠簸着，情况十分危急。

"汉川"轮冒着风险，在难船四周等待营救机会。终于，"汉川"轮接近了救生艇。肖昱和水手们将救生绳抛向救生艇。13名船员先后登上"汉川"轮，只剩下"艾琳娜斯霍普"号的船长和另外三名船员不肯上船，他们想与船同归于尽。

"汉川"轮船长苦口婆心地劝导海难船船长："航

海的路还很长，我们在旁保护你，等待你的归来。"船长被感动了，终于登上了"汉川"轮。

"艾琳娜斯霍普"号的海员来自世界各地，都是久经风浪的老船员。惊魂未定的难船船员说："清晨，我们发出了救援信号，先后有七八条船无情地从船边驶过却毫不理会，沮丧和绝望笼罩着全船。就在这时，你们出现了。当大家得知是条中国船时，有人兴奋有人怀疑。去过中国的海员兴奋地说，中国船一定会救我们的；怀疑的人认为，如此大的风浪自身都难保了，谁敢贸然来救。可是，你们真的来了！"

"汉川"轮终于驶出了风暴区。根据难船船长的请求，"汉川"轮驶进希腊的利海内斯港。

在盛大的感谢宴会上，希腊"艾琳娜斯霍普"号的船长握住"汉川"轮船长的手说："我的妻子就要临产了。如果是个儿子，我就给他起个名字叫汉川，以表示对你们永远的怀念。"肖昱用照相机记下这感人的瞬间。

难道这个小伙子真是希腊船长的儿子。

第二天，肖昱专程来到"兰星"轮。当肖昱拿出当年那张照片讲述那段往事后，对方紧紧握着肖昱的手，连声喊道："是的，我就是船长的儿子。"

"兰星"号开航前，肖昱将与汉川同岁的儿子肖犇带上船。肖昱用照相机留下了新的记忆：海员友谊代代相传！

"寻亲舱"的不速之客

　　"二战"期间，德国建造的吨位最大、设备最先进的战列舰"俾思麦"号与英国战列巡洋舰"胡德"号在冰岛以南洋面相遇。德国"俾斯麦"号连发数弹击中"胡德"号要害，"胡德"号迅速下沉。船上除少数人获救外，1000多官兵全部遇难。这是"二战"期间的惨重的海难之一。

　　战后，打捞出水的"胡德"号成了缅怀烈士的特殊"纪念馆"，众多"二战"老兵和烈士亲友纷纷来访，人们亲切地称它"寻亲舱"。

　　一天清早，守舱人发现"寻亲舱"前坐着一位眉宇间有颗黑痣的耄耋老人。老人身穿戎装，胸前佩戴勋章，精神矍铄，自称"二战"老兵，要见"寻亲舱"负责人。

　　守舱人将老人带到"寻亲舱"二层的一个舱室，向一位中年男子介绍说："'二战'老兵要亲自见你。"

中年男子起身说:"我叫乔治,欢迎来访。"老人自我介绍说:"我叫亨利,'胡德'上的一等水兵。"说着,他拿出一张年轻时候的照片。

听了老人的介绍,望着手中的照片,乔治连忙翻出阵亡将士亨利的档案,两张照片上的人一模一样。乔治惊呆了:"胡德"号上牺牲的 1000 多名官兵的情况,乔治了如指掌,亨利作为牺牲的烈士已经被安葬在烈士陵园,进入阵亡将士档案,怎么眼前杀出个活"亨利"?

望着乔治惊诡的神态,老人将埋藏在心里半世纪的秘密讲了出来。

听完老人的讲述,乔治按捺不住激动的心情,握住老人的手连声说:"不可思议,这是'寻亲舱'建舱以来最感人的故事。"

第二天,乔治和老人沿着海滨大道驱车朝一片翠绿的树林驶去,最终在一座墓园前停了下来。他们办完手续,沿着崎岖小路走到陵园深处。

这里整齐地排列着一排墓碑,安葬着"二战"期间牺牲的海军官兵。他们在一座墓碑前停下来,墓碑上写着:"亨利·卡尔,1920~1941 年,'胡德'号战列舰一等水兵。"墓碑上还镶有一张年轻水兵的戎装照,眉宇那颗黑痣十分醒目。还未等乔治说话,老人就扑倒在墓前,泪如雨下,呼喊着一个人的名字:"汉斯,我的好兄弟。"

事情还得追溯到"二战"时期。父母双亡的亨利·卡尔参加了英国海军,在英国战列舰"胡德"号上做了水兵,并结识了来自爱尔兰的水兵汉斯·莱德,两人亲如兄弟。

1941 年初冬的一天，两人值完班同时回到舱室。几声连续的巨响震惊了所有人，"胡德"号遭到德国"俾斯麦"号战列舰的猛烈袭击，被拦腰折断，瞬间倾斜沉入水中。

舱下活着的人只能从一个唯一的舱口钻出，快速游出漩涡才能逃生。这时，亨利憋足了气朝舱口游去，此刻汉斯正好游到了舱口。舱口很小，只能容一个人通过。汉斯比划了一个让亨利先过的手势，还未等亨利缓过神来，汉斯一把将亨利推出了舱口……亨利得救了，汉斯永远葬身于大海深处。由于逃生匆忙，住在同一个舱室的两人穿错了衣服。亨利掏出汉斯口袋里的证件和随身携带的母亲照片，再也控制不住自己的感情，号啕大哭起来。

从此，亨利成了汉斯双目失明母亲的"儿子"。由于亨利熟悉汉斯的习惯和爱好，他很好地扮演了"儿子"的角色，汉斯母亲直到过世，也没有发现这个秘密

不久前，亨利在"二战"的纪念会上获得一枚爵士勋章，这是至高无上的荣誉。亨利决定要把埋藏半世纪的秘密公之于众。

亨利把这枚爵士勋章郑重地摆放在墓前说道："安息吧，兄弟。"事后，烈士陵园决定更换墓碑，却遭到亨利的反对，他说："活着的不是亨利，而是汉斯。"这句话感动了成千上万的英国人。

"书痴"水手的蟹壳泥

经过体检、英语测试和水手技能等的考核，吴鹏终于登上超级豪华游轮"海上皇宫"号，成为一名客船的水手。

没料到，上船不久吴鹏就接到一个意想不到的特殊任务：到巴拿马收集蟹壳。这个任务是船上餐厅总管多斯派给他的。

吴鹏虽来船不久，但已知道多斯是位不寻常的人物。多斯出生在战火纷飞的利比亚，一次意外的灾难使他随难船漂流到了意大利，几经辗转来到法国巴黎，在塞纳河左岸一家叫"莎士比亚"的书店打工。

"莎士比亚"书店的创始人西尔维亚·碧奇女士是位著名慈善家，对于有志学习的旅法青年，哪怕是穷困潦倒的流浪汉，她都会提供一个床位，让他们一边打工、一边学习。

　　无依无靠的多斯在"莎士比亚"书店一晃就是五年，读了大量书籍，还自学了航海知识，后来在一个航海学校学习，毕业后来到"海上皇宫"号，在餐厅做杂工。由于来自书店，"书痴"水手成了他的代号。

　　餐厅里每天都有大量来自世界各地观光的游客，客人饮酒和玩手机成了客船餐厅的"主旋律"。一次，一个贪玩手机的青年不慎将酒杯碰倒，引起邻座的不满，甚至为此争吵不休。

　　这件事引起多斯的注意。他发现在餐厅就餐的许多人贪玩手机，视线始终不离屏幕，心想：手机就这么重要吗？

　　一天晚餐，多斯默默来到餐厅一隅，倒上一杯啤酒，由于心不在焉，酒杯未放稳，里面的酒顺势洒出来。情急之下，多斯拿起旁边的纸盒托住快要倒下的酒杯。

　　这件事触动了多斯，如果设计一种底部不平衡的酒杯，喝酒时要支撑它也只能用手机了。多斯的想法得到船主的支持。一款新型的啤酒杯应运而生：酒杯底部只有一侧有脚，其余部分需用手机垫着杯子才不会倒。

　　不久，手机酒杯从海上传到陆地，形形色色的手机酒杯被摆上餐桌。

　　多斯受到船主的称赞，被破格提拔为餐厅总管。

　　巴拿马的巨蟹闻名于世，一只巨蟹足够几个人饱餐一顿。

　　吴鹏曾在巴拿马的圣地亚哥港，意外发现幼儿园里有用蟹壳做成的盆。莫非多斯也要给自己儿子买个蟹壳脸盆吗？

　　"海上皇宫"号驶到巴拿马当天，吴鹏和多斯来到当地最大的海鲜市场。多斯连买了四只大海蟹，一共有百余斤。"海上皇宫"号餐厅里的"全蟹宴"使旅客大饱口福，四只大的蟹壳被多斯小心收藏起来。

　　原来，多斯在巴黎"莎士比亚"书店打工期间，得知欧洲许多沼泽和泥塘黝黑闪亮的泥土里含有多种矿物质和草药成分，有"天然药库"的美誉。患有皮肤病和风湿的病人常常跳进泥塘，把这些泥巴拼命朝身上涂抹，然后在烈日下暴晒。泥巴里的矿物质和草药，经过阳光烘晒加温缓缓进入人体，就会有十分独特的疗效。

　　多斯想把这一特殊"疗法"搬上"海上皇宫"号，建个"特殊医疗室"。

　　吴鹏问到四只大蟹壳的用途时，多斯笑着说："增加患者的乐趣！"

　　果然，四个硕大的蟹壳盆里盛满的从欧洲寻来的泥巴，吸引了众多游客的光顾。

　　瞧，"海上皇宫"号上的游客在游览风景的同时还享受到了"书痴"水手的蟹壳泥疗法。

"怪火秀才"的"火星潮"

《"怪火秀才"的"火星潮"》在临海小镇热销，引起许多人的关注。作者是"怪火秀才"的后裔，名叫薛璞，一家鱼面店老板的儿子。

"怪火秀才"本名叫薛亮，清朝乾隆年间一位秀才。因为写了一首关于"怪火"的诗而扬名天下。据说，乾隆皇帝下江南时还召见过他。

这首诗写得十分晦涩，耐人寻味：

似火原非火，如星不是星。

神兼祝融号，气挟伍胥灵。

包运阴阳理，神奇岳渎经。

有人风雨夜，几度见冥冥。

薛亮解释说，一次偶然的机会独步在海边，突然发现海面上一片光火，瑰丽多彩，宛如绽放的烟火；归来后，夜寐难眠，随手赋诗一首。

"怪火秀才"笔下的"火星潮"引得当地衙门一片慌乱,派人昼夜巡视怪火。

谁知,直到薛亮命归西天也没有人再见到怪火,引起时人一片质疑。几十年过去了,"火星潮"悬案一直没有结果。临海小镇成了远近闻名的富裕渔港,鱼面更是闻名中外。

鱼面是小镇的传统小吃,加入色白质细的海鱼打制而成的面条,柔滑劲道,鱼香扑鼻。每逢传统佳节,端午竞舟,中秋赏月,远航的水手会把鲜汤淋其面上,大有回家的感觉,鱼面成了远航水手的美食。

薛老板经营的鱼面是以黄鱼为主料,剔刺,去鳞,与面粉和地瓜粉混合擀杆而成。他家的面格外好吃。由此,薛老板结识了许多远航捕鱼的水手。

一天,渔民张海慌慌张张地闯进鱼面店说:"遇见鬼啦!鱼面也掉进海里了。"

原来,正在海上捕鱼的张海看要变天,急忙转舵回港避风,忽然不远处出现一座闪着"火光"的小岛。月色朦胧,张海连忙开启雷达,可雷达显示这里根本没有小岛。

张海怀疑地举起望远镜,神秘的小岛连同"火光"陡然消失。不一会儿,奇怪的"火光"又出现在船尾的方向,"火光"比上次更加耀眼。

薛老板听完张海的离奇讲述,心头一亮:这不就是先祖曾在诗中写到"怪火"吗?他连忙叫来在中学教书的儿子薛璞。

三人很疑惑，这时，海滩传来一阵喧闹声："大鲸鱼上岸了！"

一头硕大的虎头鲸横卧在沙滩上，显然是受伤后被风浪卷上岸的。

三人赶到现场，一辆渔业主管机关的救护车已停在受伤鲸鱼旁边，几位特意赶来的专家围着鲸鱼指指点点，其中一位老专家正是薛璞的大学生物老师秦奋教授。

人们把受伤的鲸鱼安顿好，并派人值守，等待时机将鲸鱼放归大海。

薛璞见缝插针，把刚才听到的"怪火"故事一五一十地讲给秦教授听。

"有可能是这条大鲸鱼带来的。"秦教授望着黑云压顶的天空和躺在沙滩上的鲸鱼解释说："大风来临前夕，气压很低，游进海湾的鲸鱼不断浮出水面呼吸，呼吸时从背上'鼻孔'喷出的水柱里有大量发光的生物。这些生物受到刺激便会大发光芒。海啸产生巨浪刺激生物发光的'怪火'更加神奇怪异，日本曾发生海啸，有人说在岸边看到三个圆形发光物在浪谷处闪现，横排着前进，十分美妙。"

秦教授接着说："风平浪静的海夜，也曾有奇异的'怪火'出现。1986年6月，一支庞大的巴西船队在风平浪静的大西洋航行时，有人发现有'怪火'在远处海面上向船队扑来。人们十分不解：浩渺无际的大洋里，没有其他船只、人员和可燃物，怎会陡然升起'怪火'？"

秦教授说："后来，经过科学家调查研究，除发光生物受刺激会产生'怪火'外，海底可燃气体冲击海面与空气摩擦也能产生'怪火'，关于海底地震与'怪火'有无关系，目前尚未得出最后结论。"

听完秦教授的讲述，薛璞把先祖"怪火秀才"的故事讲给秦教授听。

秦教授说："早有耳闻，根据当时情况，不排除大风浪和鲸鱼的作用。另外，这里海底蕴藏着大量天然气，也有可能产生怪火。"

秦教授离开时，握住薛璞的手交代，希望薛璞把怪火的事写成书。

宗璞没有辜负老师，终于完成了《"怪火秀才"的"火星潮"》一书。

海味十足的总统邮票

海员工会举办的海员"集邮大赛"中，水手长浦汐的带有浓郁"海味"的邮票获得特别奖。

浦汐喜爱集邮是在航海学校开始的。他利用业余时间，收集了大量邮票。踏上远洋海轮后，有"海味"的邮票成了他的主要"猎取"对象，这缘于一次不寻常的远航活动。

浦汐上船的第二年，他随"泰和"轮来到澳大利亚悉尼港。此刻，悉尼海德公园的詹姆斯·库克巨大铜像前聚集了大量从世界各地赶来的人们，因为这里正举行库克船长发现澳洲大陆庆祝活动。

英国船长詹姆斯·库克曾奉命率船队寻找未知的南方大陆，终于在 1770 年 4 月抵达澳大利亚东南方海岸，成为首次抵达澳大利亚东南方海岸的欧洲人。

庆祝活动当天，澳洲邮政部门还发行了有船长像的纪念邮票，这立刻引起浦汐的兴趣。浦汐费了许多周折，将这枚海味十足的纪念邮票收入囊中。从此一发不可收拾，凡与航海有关的纪念邮票——葡萄牙发行的"好望角之父"迪亚士的纪念邮票，哥伦布发现美洲新大陆的纪念邮票，环游世界的探险家麦哲伦的纪念邮票，不久前郑和七下西洋的首日封，浦汐都想方设法买了来。浦汐成了航海界收藏"海味"邮票的领军人物。

美国最近发行了一枚航海相关的纪念邮票，上面的人物是大名鼎鼎的美国首任总统华盛顿。这对浦汐无疑是爆炸性新闻：难道闻名世界的华盛顿也是位航海家？浦汐决心弄个水落石出。

得到这则消息不久，在家休息的浦汐主动放弃了假期，登上了一艘远航美国的"探求者"号远洋货船。

"探求者"号来到美国西海岸的旧金山，浦汐找到了船舶代理行的林豪先生。十分凑巧，林豪也是一位集邮爱好者。林豪不仅给浦汐找到了这张纪念邮票，还讲述了民间流传的与这张邮票有关的故事。

18世纪初，美国的弗吉尼亚州威斯特摩兰有个名叫乔治的小男孩。小男孩从小对外边的世界充满好奇。14岁那年，他对家人说："我最大的愿望就是当一名海军士兵。"年轻的乔治出现在一艘停泊的军舰上。

乔治的母亲舍不得年幼的儿子离开自己。但是，乔治已经下定决心。乔治母亲虽然舍不得，却没有强迫儿子顺从自己。

"再见了，妈妈！"乔治站在甲板上挥手向母亲告别。

"再见了，我的宝贝。"这时，乔治看见母亲的眼里涌出的泪水顺着脸颊往下流淌，乔治心如刀割。

乔治的母亲一想到要与儿子分离就又迟疑了。在她急切的抗议下，乔治放弃了这次从军计划。

乔治虽然未能成形，但是乔治投身海军、渴望远航的愿望没有消失，他阅读了大量的航海书籍和名人传记等。这位男孩，就是后来的美国总统乔治·华盛顿。乔治·华盛顿领导美国人民争取自由与独立，被美国人尊称为"国父"。

人们在乔治·华盛顿纪念日，根据华盛顿年少时经历，制作了一枚以大海和轮船为背景的纪念邮票。这枚邮票成了浦汐邮票中的珍品，被永久珍藏。

漂浮不定的"婚介所"

"这就是海员的生活。""魔岛"号海员海旸在接受《海员》杂志的记者采访时自豪地说："充满了戏剧性！"

说着，海旸拿出了不久前收到的一张龙凤胎的萌照和一封远方的来信。信是从遥远的丹麦寄来的，寄信人是位名叫乔治的丹麦水手，曾是海旸的同舱好友。

乔治在信中为海旸讲述了自己那段离奇而浪漫的恋爱故事。信中最后写道："随信寄去乔乔和牛牛的'周岁照'，上帝保佑，一切平安。"落款是乔治和牛娟。

这封远方的来信和照片引起了记者的兴趣。正在这时，海旸的手机响了。

海旸说："不久前，一位在传媒公司的朋友将信中的故事拍成了动画片，正在试播，一起去看看吧。"

海旸和记者来到了演播厅。大厅灯光瞬间熄灭，一行醒目的大字出现在大屏幕上：漂浮不定的"婚介所"。

"一艘由法国波尔多港开往中国的货轮，正乘风破浪驶向大洋深处。"一般大货轮从画面上迎面驶来。船舶栏杆旁，站着一位碧眼金发的青年。

"他叫乔治，一名丹麦籍的水手。"解说慢条斯理地说："身为水手，四海为家，整天看到的是蓝天和大海，听到的是波涛声和机器的轰鸣，缺少亲人的慰抚和爱情的滋润。"这时，屏幕上突然出现乔治离开船舷，匆匆走进船舱，从桌里抽出信笺写东西的画面。他又从衣袋里翻出一张照片，取出刚喝光酒的一只酒瓶，将写好的纸条和照片塞进酒瓶。

"对亲人的思念，对爱情的渴望，使单身的乔治突发奇想，用这只酒瓶碰碰运气吧。乔治将求爱的小纸条连同自己的照片一并塞进酒瓶封好，抛进了大海。"

乔治望着渐渐远去的"婚介所"，在胸前不断画着虔诚的十字，喃喃自语道："愿上帝保佑！"

随着悠扬音乐声，屏幕上出现一个风景秀丽的海滩。一位背着鱼篓的老渔翁，佝偻着背，不时把被潮水冲上海滩的小鱼小虾捡到篓里。忽然，他在一个礁石缝里发现一只奇特的瓶子，瓶子里有张纸条和照片。

"这个漂浮不定的'婚介所'悠悠然从遥远的欧罗巴来到中国南海的沙滩上。"一位靓丽的姑娘出现在画面上，她拿着那只奇怪的瓶子对老渔翁说："爷爷，这是真的？"

纸条上面写着："只送给年纪在 18 岁至 25 岁的女

孩。当你拾到这只酒瓶时请回复地址和近照，我保证回信，丹麦水手乔治。"

老渔翁笑了："简直是神话故事。"姑娘捧着那只瓶子，久久没有言语……

千里之外，白雪皑皑的欧洲。休假在家的乔治正准备去滑雪。一位邮差敲开了他的房门。一封来自中国的长信和一张异国姑娘的靓照映入乔治的眼帘：乌黑的长发，满含秋水的秀目，浅浅的笑靥。"这正是我的梦中情人。"乔治高兴地跳了起来。

"乔治看完了来信，立刻给远在中国名叫牛娟的女孩回了信。从此鸿雁传书，彼此成了最亲密的朋友。"

中国南海海滩，老渔翁的小屋里。

老渔翁对牛娟说："你年轻不懂事，中国小伙成千

上万，偏要喜欢一个外国海员。"

姑娘半认真半俏皮地说："中国人成千上万，偏偏我们拾到了这只酒瓶。"

最后，屏幕上出现了一对璧人结婚的画面。身穿民族婚服的牛娟挽着乔治，缓缓走近老渔翁夫妇。按照当地的习俗，他俩向老渔翁夫妇行了跪拜礼。

此刻，人们注意到，老渔翁手里紧紧握着那只酒瓶——漂浮不定的"婚介所"，眼里含着幸福的泪水。

走出演播大厅。记者对海旸说："太有趣了！"海旸笑着说："海上有趣的事情多着呢。如今，乔治成了上门女婿，已经在中国'安营扎寨'。乔治和牛娟的龙凤胎宝贝十分可爱。"说着，海旸把那张龙凤胎照片拿了出来。

"咔咔"，记者把照片保存在手机里说："这是漂浮不定的'婚介所'最好的结局！"

真假海上断指"富豪"

一年春天，欣宇随船来到美国的迈阿密。正值愚人节，整个城市的人沉浸在浓浓的愚人气氛中，到处真假难分，笑料百出。

一位蓬头垢面的"乞丐"站在一座教堂前。途经的行人纷纷将硬币放进"乞丐"面前的小盆内说："'富豪'，祝你好运！"被称为"富豪"的"乞丐"连连点头答道："愿上帝保佑平安。"

起初，眼前一切没有引起欣宇的注意：愚人节乞丐和富豪真假难分，富豪变乞丐，乞丐成富豪太平常不过了。

但是，当得知"乞丐"是曾在电影《尼克号》中扮演富豪的一名群众演员并失去一根手指时，欣宇来了精神。

作为海员，沉船主题的电影《尼克号》欣宇不知看过多少遍。男女主人翁的深挚恋情，深深印在欣宇的脑海里，可对于扮演富豪的演员没有太多印象。

凑巧，开船前，驾驶台的磁罗经出了点故障，特请船厂的校正师帮忙。校正师刚上船，就被欣宇认出。校正师正是愚人节那天教堂门前的"乞丐"，右手缺了根手指。

"乞丐"名叫菲利普斯，提起那段参与电影拍摄经历，他说："它改变了我的一生。"

菲利普斯出生在一个水手世家。由于家庭贫困辍学在家，靠打零工维持生活。一天，一份招聘广告使菲利普斯停住了脚步：电影《尼克号》招聘一批群众演员。

这是一次难得的机会，可以得到一定报酬，同时可以在银幕上一显身手。菲利普斯从小就是个影迷，喜欢表演。

经过筛选，菲利普斯入围了。在分配演员角色时，菲利普斯大跌眼镜：扮演一名叫亚斯特的富豪。亚斯特是当年屈指可数的富豪，与怀孕四个月的妻子玛德林同乘"尼克"号轮船前往纽约。富豪亚斯特在影片中只露过一次面，在船即将沉没的瞬间，亚斯特将怀有身孕的妻子玛德琳送上救生艇后，带着狗，点燃一根雪茄，站在甲板上望着离开难船远去的救生艇，说了句："我爱你。"

两个多小时的影片，不到一分钟的亮相和三个字的台词，菲利普斯失望了。

导演为使菲利普斯尽快进入角色，找来了当年"尼克"号生还者二副查尔斯写的回忆录——《难忘的一刻》。回忆录里记录了"尼克"号沉没瞬间，人们生死离别的动人场面，银行大亨古根海姆穿上华丽的晚礼服站在甲板上，留给他太太的纸条上写道："这条船上的任何一位女士，不会因我抢占了救生舱的位置而剩在甲板上。"美国梅西百货公司总裁斯特劳斯用尽一切办法，都无法让他的太太罗莎莉爬上救生艇。罗莎莉说："多少年来，你在哪里我就在哪里，我要陪你去你要去的任何地方。"

由于年代久远，这些材料给了菲利普斯许多启发，但是他仍然没有真正进入角色。

最终有一天，导演单独把菲利普斯叫到一边，讲了一个影片中没有提到的故事。

菲利普斯扮演的亚斯特与在救生艇的妻子告别的瞬间，忽然看见手上那颗闪闪发亮的结婚戒指。亚斯特决定把手中的戒指留给妻子，作为唯一的纪念。不知什么原因，亚斯特无法从颤抖的手中取下戒指。情急之下，亚斯特拿起身边桌上的刀，把带有戒指的手指砍下来，抛给救生艇上的妻子……

菲利普斯被深深打动了。

在拍摄现场，菲利普斯模仿当年富豪亚斯特带上了一枚戒指，在高喊"我爱你"的瞬间，情不自禁地举起刀，手起刀落，把带有戒指的手指砍了下来……

菲利普斯出了名，"海上断指富豪"名扬天下。菲利普斯说："当时脑子一片空白，只想到把富豪亚斯特最真实的一面留给观众。"

一个造船厂的厂长得知菲利普斯的故事，专门聘他到厂里做了一名校正师。

倒挂的项链

一个波涛奔腾的夜晚，"吉利亚"号在秘鲁以西的海面上被一艘货轮碰撞而燃起大火。撞船的货轮匆匆而别，加速离去。

"吉利亚"号船长孟思林立即让苏伟记下对方的船名、船籍、肇事时间、地点等，然后率领全船奋力自救。与此同时，"吉利亚"号向所属轮船公司作了报告。公司很快回电："组织船员奋力自救；若自救无效，情况危急，弃船逃生。"

看完电报，孟船长陷入了沉思："吉利亚"号是家外国轮船公司，作为一名中国船长，一言一行都代表中国人的形象，渎职使船毁于一旦，将是一个船长最大的耻辱和罪过。只要"吉利亚"号有一线希望，就绝不放弃！来自6个国家的23名船员对孟船长充满了尊敬和信赖。

经过几个小时的突击灭火，用尽了"十八般兵器"，船舱的火势基本被控制住了。忽然，有人在装有硫黄的货舱发现了火情，如果燃烧后果不堪设想。

孟船长带领巴基斯坦水手默德，在水龙喷枪的掩护下冲进火场。时间一分一秒地过去了，终于，火被扑灭了。就在这时，一个大浪袭来，被烧断的桅杆掉落下来，眼看就要砸到默德身上。说时迟，那时快，孟船长一个箭步冲上去，一把将默德推到一边……默德脱险了，孟船长被砸倒在甲板上。

孟船长被送到秘鲁首都利马的海员医院。经过紧急抢救，孟船长苏醒了。病床旁站着一位白发苍苍的老人。

"林昌发总经理专程从旧金山赶来看望你。"护士把老人介绍给孟船长。

孟船长想把船上发生的一切报告给总经理，但由于伤痛无法开口。

总经理安慰道："所有的是我都知道了，安心养伤吧！我过些天再来看你。"

一个月后，孟船长伤愈，即将出院，总经理又来到利马海员医院。

总经理有件重要的事情要与孟船长商量。原来，"吉利亚"号事件使总经理萌生一个念头：聘用孟船长协助经营公司。孟船长不仅救了公司的船，更重要的是孟船长有忘我的牺牲精神和非同常人的魄力，公司正缺这样的人才。

当总经理走近孟船长仔细询问伤口恢复情况时，意外发现孟船长颈上那条用海员铜纽扣串成的项链，心想：

"难道这是真的？"

总经理双手捧起项链垂坠，发现上面有个"立"字的印记。他几乎不敢相信自己的眼睛，喊了起来："你是立儿！"

40多年前，被征用为海员的林昌发临行前，用海员铜纽扣制成一条项链，亲自戴在刚满周岁的儿子立儿身上，垂坠上特意刻了一个"立"字，希望儿子自立成才，成为一名顶天立地的男子汉。由于匆忙，"立"字刻倒了，索性将项链倒挂在儿子身上。

一晃40多年过去了，林昌发和妻儿天各一方，杳无音讯，万万没料到，眼前这位勇敢的船长竟是自己寻找多年的儿子。

望着眼前白发苍苍的父亲，孟船长百感交集。自己从小失去父爱，时刻想念父亲，倒挂的项链是父亲留给自己唯一的记忆，所以一直戴着。

大洋里的最后一吻

1984 年 4 月，大西洋上。初春的比利时安特卫普港一派繁荣景象。阿贝船长给妻子写了最后一封信：你最关心我的身体，现在我的身体情况确实不能和过去相比，但是还可以。这次回沪，我想买些药，然后到一个不大熟悉而又安静的地方，休息一段时间。我想主要问题在于休息……

此刻，阿贝船长在欧洲一家著名造船厂。明天是"香河"轮正式下水的日子，轮船下水的三项隆重仪式——签字交船、轮船命名、升旗登轮，每一项都不能忽视。

船员进入梦乡，忙完一天工作的阿贝继续给妻子写信："明天船将下水，十分忙……我在外会小心身体。"

两个多月前，阿贝病了，重感冒加心衰症。医生嘱咐他要休息静养。可是，他要去欧洲接"香河"轮。

四年前，阿贝在胸科医院确诊："风湿性心脏病，主动脉瓣狭窄伴闭合不全。"可是，阿贝离不开船，坚持出海。担任"香河"轮船长途中八天八夜未下驾驶台，归来未到家门口，久久坐在一楼，无法踏上楼梯。病历上这样记载：出洋两个半月归来，心悸气短，脸色发灰，口唇黑紫，有心衰症状，需打强心针，进行吸氧治疗……

当医生知晓病情稍微稳定的阿贝又要去接"香河"轮时，连连摇头说："太危险，不能去！"

阿贝考虑到"香河"轮是条集装箱船，而集装箱船运输是项新工作，要摸索经验。

被感动的医生知道阿贝的脾气，再三叮嘱道："接船不能太累，注意休息，办完接船手续乘飞机回来，千万不能驾船，你的身体已无法承受海上长时间的颠簸。"

"香河"轮接船工作顺利完成，更繁重的装货和航行任务摆在阿贝面前。阿贝时而在驾驶台，时而在甲板，时而在机器舱，完全忘了医生的"坐飞机回来"的嘱咐。

人们说，阿贝为大海而生，为大海献身。

1949年春天，上海黄浦江迎来解放的炮声。阿贝从上海美浙商船专科学校毕业了。他北上东北营口，在一条小型木机帆船上找到了工作；去天津，过烟台，跑青岛……开始了终生不弃的航海生涯。

校友们这样评价阿贝：短短的59年，他在海上度过了36个春秋，担任过16艘远洋船的船长，到过40多个国家80多个港口，可谓"船迹天涯无悔恨，甘愿与海伴终生"。

此刻，阿贝已病入膏肓，心脏在超负荷运转着。

以前阿贝总是与船员在同一餐厅吃饭，然而现在，脸色蜡黄、步履蹒跚的阿贝不得不让人把饭送到船长室。

阿贝匆匆吃上几口饭，坚持来到驾驶台，扳着手指算着"香河"轮返航的日程：过埃及塞得港，挂靠香港维多利亚湾，抵达上海黄浦江……

"香河"轮驶进开阔的海面，轮船行驶相对平稳。松了一口气的阿贝喃喃地说："我要休息一下，请转告船医，晚上可以给我打葡萄糖了……"声音越来越细，越来越低。突然，阿贝脸部肌肉猛然抽搐起来，面色变红及紫……

"香河"轮发出了紧急求救电报。一架西班牙直升机紧急降落在"香河"轮的甲板上。

人们簇拥着把阿贝抬到直升机门前。在直升机门打开的瞬间，阿贝慢慢睁开眼睛，望着眼前的海员兄弟，含着泪水，吃力地抓住"香河"轮的舷墙，轻轻地吻了过去……

直升机起飞了。阿贝再也没有回来，到"一个不太熟悉而又安静的地方"休息了。

1964年秋天，阿贝曾驾船来到亚得里亚海湾，见到了正在这里访问的周恩来总理。阿贝对周总理说："我一辈子不离开船，不离开海洋。"

阿贝实现了自己的诺言。

"大洋里的最后一吻"留给航海人太多的记忆和感动。

后来，航海传记作家得出一个惊人的结论："为航海而生，为航海而死"的航海家，生命的最后一刻都没有离开大海：哥伦布、麦哲伦、詹姆斯·库克……中国当代航海家阿贝也不例外。

谈谈我的这本书

张涛

《海上天方夜谭》是航海生活送给我的礼物，也是我送给热爱大海的你的礼物。

二十多年来，我与海洋深深结缘，当过引航员，也当过船长。远航本身，令我着迷，远航途中遇到的航海人、读到的航海故事更令我着迷。

那些鲜为人知的航海故事、稀奇古怪的海上见闻、精彩纷呈的异域风情和航海人的传奇，着实精彩，令我迫不及待地想分享给你。"海上天方夜谭"当然不是说我讲的故事都是荒诞不经的，不可信的，而是取其一千零一夜之意，每夜讲一个航海故事给你，让你听完一个，还想听下一个。

与以往苍白叙述航海事件本身不同，我尝试了一种新的方式，为那些真实发生过的，或虽未证实但已在民间流传的故事再穿上一层文学的"外衣"，让它更加生动，让它更加有趣，让它唤起你对航海文化的关注。

这种创新，这种尝试，也得到了中国航海协会以及我的朋友们的支持，感谢中国航海学会刘功臣理事长和我的作家朋友张文宝和殷胜理，也感谢所有喜欢这本书的人。希望你们在这一页又一页的航海故事里有所收获。

向所有勇敢的人，和浸透着无畏精神的故事致敬。

图书在版编目（CIP）数据

海上天方夜谭 / 张涛著 .—青岛：中国海洋大学出版社，2015.1

ISBN 978-7-5670-0821-2 （2017.8重印）

Ⅰ.①海… Ⅱ.①张… Ⅲ.①故事—作品集—中国—当代

Ⅳ.①I247.8

中国版本图书馆CIP数据核字（2015）第002702号

出版发行	中国海洋大学出版社	
社　　址	青岛市香港东路23号	
邮政编码	266071	
出版人	杨立敏	
网　　址	http://www.ouc-press.com	
订购电话	0532—82032573（传真）	
策　　划	李夕聪　郭　利　王　晓	
责任编辑	王　晓	0532-85901092
装帧设计	王谦妮	
插　　画	张柏钰	
印　　制	青岛乐喜力科技发展有限公司	
版　　次	2015年1月第1版	
印　　次	2017年8月第2次印刷	
成品尺寸	144mm×215mm	
印　　张	7.25	
字　　数	145千	
定　　价	27.00元	